含英咀華

作文學習DIY

范曉雯◎著

關於作者

認識范老師，已經廿五年了。

廿五年間，她由乖巧的女兒、認真的大學生，逐漸轉換角色，先變成認真的中學老師，數年後結婚生子，再加上其他的身分：認真的媳婦、盡職的主婦、用心的媽媽。她的身分一再更新，個性卻未見絲毫改動：認真、盡職、用心、努力。

她和父母公婆相處，能夠盡心順從，即使老人家要些小脾氣，她也能一笑置之。她和子女相處，既是個有原則媽媽，卻又能不多嘮叨，和子女維持友好的朋友關係。

而更有福氣的，是她的學生。

教學廿多年的她，不論教的是哪一年級，不論教的是哪一個版本，她必定親自為學生編製搭配教學的「講義」。她總笑稱：「因為我懶得板書。」其實那些資料充實，編排用心的講義，常讓她忙到半夜，花的力氣絕對比板書辛苦二、三倍。

同樣令她忙碌的，是她總用心地為學生編寫「作文講義」。她會因應學生在語文表達不足的部分，辛苦的編製講義，往往為了一個作文的理論，她可以連續好幾天翻找名家的作品，希望找到令學生感興趣又具代表性的範例。她總是說：「練習作文除了要學生相互觀摩之外，也一定要向名家取經，才有更上一層樓的可能。」她大量翻閱舊的出版刊物，也不時「站」在誠品或金石堂書坊，貪婪地吞食新版刊物，以期介紹既好又新的作品給學生，甚至努力設計活動讓學生「必須」做

各種的課外閱讀，種種的努力自然換得學生的回饋與成長，所以她忙得可謂「不亦樂乎」！

今天呈現的這本作文教學資料，便是在她「不亦樂乎」之下的成品。

礙於智慧財產權利法，書中無法完整呈現她精心挑選的「名家作品」，令她有些許遺憾，但是她仍喜悅於自己為「作文教學」編了一套應該頗為合用的好教材。

將稿件交出之後，她將本來左右散置的資料收整好，放入書櫃之中，又攤開日前學生交的作文，開始「現在學生要用的教材」編寫。為了學生，她幾乎從來不曾停下腳步，所以我認為能夠當她的學生，很有福氣。

但是，最有福氣的是我。我可以分享她的成果，分享她的喜悅，認識廿五年，結褵十七年，共處的日子，她一直是認真、盡職、用心的「妻後」，我的福氣在於可以「執子之手，與子偕老」。

日前，范老師說：「你幫我寫一篇序好不好？」我說：「序言不都是要找重量級的人物為全書加持的嗎？」她說：「可是你是我生命中最重量級的人物呀！」

所以我動筆寫了這一篇序，靦然但自豪！

黃懷平　2005年6月16日

以題代序

在理工掛帥，英語優先的時代中，國文成了「反正學生自己看得懂」的科目，授課時數一再縮減，授課內容卻全無上綱，老師迫不得已只好將部分學習內容要求學生「自學」，而最常列於「自學」榜首的，便是「作文」。於是，「寫作文」成了學生的「受難」，「改作文」成了老師的「原罪」。

有鑑於此，筆者持續搜尋著一本以自學者的角度編寫的作文書，期望受難者不再受苦，原罪者能得赦免。在搜尋的路上，筆者仔細檢視現行各類各樣的作文題型，發現不論任何形式呈現的作文題，檢測學生的語文範疇，不外乎記述「人、物、景、事、理」的五項能力。因而，與其讓學生疲於奔走在各個「題型」作練習，不如讓學生自基礎上具備這五項語文表現能力。

最後，在搜尋未果的情況下，嘗試為學生編寫。

這本書先分五個單元完成：「寫人」、「記物」、「寫景」、「記事」、「說理」。各個單元先「教戰」再「實戰」。「教戰篇」簡述重點作法，並舉學生的作品為範例，讓同學們習慣如何一步一步的構思成篇。而「實戰篇」則提供不同的題目、作法說明及學生的作品為範例，同學們既可依題試寫，也可以藉由觀摩其他學生的作品，增強一己的語文能力。

同學們未來必然發現，大多數的作文題目，必須並用這數項的語文能力，才能完足達情表意。至於有些題目的設計，准

許同學們自由發揮，自行選擇自己想要取的內容，自行決定自己要想走的方向。同學們便可以發揮個人最擅長的那項語文能力，以求得最佳的表現。

下列以90學年度大學推甄的作文試題為例，【範例一】與【範例二】皆以敘事為主，前者側重情感，後者側重人物；【範例三】以論說方式呈現，不論何種方式皆能得宜完成題目要求，適切表現一己的看法與感受，同學們當可藉這一個題目檢視筆者以上說法。

題 目

90大學入學推甄試題

什麼是最遙遠的距離？

有人以天文學的角度說：還在不斷擴大、無從探測邊界的宇宙，就是最遙遠的距離；也有人說：最遙遠的距離，是生與死的永遠分別；更有人說：最遙遠的距離，是我就站在你面前，你卻不知道我愛你。

試就你自己的感覺、經驗、知識或省思，以「最遙遠的距離」為題，寫一篇文章，文長不限。

提示：文章可以全然抒情而寫得很感性，也可以運用知識而寫得充滿知性，當然也可以融會二者，兼具知性與感性。

範例一

這是我見過最傻的生物。

一抹淺藍色的微笑，純白漩渦如同天使的羽翼，註定了這生物的夢。是的，誓死守護那一片蔚藍，它所鍾愛的。或許，

這生物不是那麼醒目，但總在人們讚嘆那份皎白之際，躲在黑色面紗後，掩抑思念。就這麼偷偷地，偷偷地瞧著，因為它曉得，它必須和那顆無瑕的夢想保持距離。踰矩了，只怕那引力讓它無法自拔，一頭霧水地撞出了個大洞，換來粉碎的身軀，和粉碎的心。

所以不能踰矩啊！不斷地提醒自己，就是那樣的距離。四十六億年來，願意耗盡畢生精力地守護，守護地球，它所鍾愛的。無論地球在遠日點、近日點，未曾離職，就是守護。但……地球曉得嗎？恐怕用那一片一片的雲朵贅飾著月兒，已是地球最偉大的奉獻。

究竟到什麼時候，它才會了解這四十六億年來的艱辛，掙回來的是什麼？地球可曾感念這歲月不短而開放雷池一步？而這生物，必須守護、再守護，只是萬萬沒想到，它守護地球的力量，竟來自地球的抗拒，甚至在不能保護了，不想保護了，在失去了這份動力後，將沿著切線方向，飛向無窮盡遠，飛到一個地球看不見它，它看不見地球的地方。屆時，怎一個「慘」字了得？愛，或者不愛，竟成為它最大的課題。無論怎麼做，都教它心疼。

兩個、三個、四個、……沒有人曉得究竟還有多少個四十六億年可以讓它守候，等到那道隔閡熔解在它們之間，那會是地球點頭，還是月球醒了？斷了線的風箏，尚能重返大地；襲了源的泉流，且能自成一格。那少了愛的月，該逃往何方？這已經不是逃不逃的問題，而是無論月球到那兒，不會更好過，忐忑不安的心無法平復，它還是它自己。

人們，可以讚嘆月球圓虧的變幻莫測，那地球呢？它所看

到的不過是一顆凹凸不平，千瘡百孔的星球，若要知道月球愛的是它，恐怕跑得比飛得快。但地球不會曉得，月球為它承受了多少顆的隕石，承受了多少年的折磨，換回了那猙獰。守護啊！還得仗恃這名義再苟延殘喘，值不值得？

王寶釧苦守寒窯十八年，人們肯為她憤恨不平，那怎麼沒人替月球喊冤？只道月球是心甘情願，相信終有一日地球明白。但這終究是場夢，地球和月球永遠不會緊緊相連，甚至連靠得更近都成問題。

這樣說來，如果有一天，月球撞上地球，或許改去繞金星、火星，都不足為奇。前者叫玉石俱焚，後者叫移情別戀。只是在我們有生之年，這些畫面都不會出現。不是月球甘心墜落於這般的甜美而早已心滿意足，就是它還不明白。但又因為地球永遠不會瞭解它的痴、它的苦，所以它傻，傻得敢笑楊過痴情，傻得可愛，也傻得可憐。

三十八萬四千四百公里，地球劃的界線，對你我而言，不過是夜空裡的繁點中多了皎白的圓球，讓我們每個人曉得它不期然的出現。牛郎和織女一年一度的會面，或許在月兒的眼中多麼不是滋味，那種遙不可及的夢想，那種距離和時間的乘積等於無窮大的眷戀，最遙遠最遙遠。（方彥智）

簡評

將「地球與月球的距離」與「暗戀者與被戀者的距離」作出完美的等比思緒。文中不論色澤與常識，皆符合於現實，之後，由現實走向非現實，情感因而美化，意境因而呈現。

∽ 範例二 ✎

織女星離地球四十六光年，從台北到桃園有二十三公里，我的書桌到房門有四十六公分。有多少單位可以計算距離？怎樣才算最遙遠的距離？

我抱著骨灰罈沿梯向上，我和阿祖距離只有兩公分，但感覺像隔了一條長河，深不見底我過不去，看不見邊他聽不到。於是我和爺爺點起了香，在一方方向陽的矮窄小櫃子前，爺爺望著香煙裊裊，出神不語。外面的天氣陰雨，靈骨塔裡梵樂一遍一遍迴繞。

我沒見過阿祖，只知道爺爺告訴我的故事，包括阿祖幼年放羊，少年抓藥，後來因為木工能力變成建築師的傳奇。爺爺自製後花園的木架，他說，那技巧是他的爸爸教的。我在桃園老家睡的那張床，則是阿祖親手做的，每次躺上去，木頭吱吱喳喳的響，我和阿祖的距離，慢慢靠近。

我閉上眼，阿祖的形象浮現，他將木頭刨開，握著鐵鎚，一釘一釘，一張床；一釘一釘，一座花架，就這樣完成。入夜後，孩子們安心入睡；而蘭花在花架上，優雅地等待旭日。

陽光升起，四十六光年外的織女星逐漸暗下。（彭子洋）

簡評

以記敘成篇，內容極具薪火傳承的歷史感。「最遙遠的距離其實根本談不上距離」的哲理，好具玄機！

範例三 ✏

最遙遠的距離，就是過去和現在的距離。人一生數十寒暑，有多少想要改變的過去？人類歷史數千春秋，翻覽史書有多少難以沖熄的憤慨？

曾經有那麼一個好的氣氛可以牽起她的手，可惜我的勇氣不在現場；曾經有一個根本不必發生的爭執，可惜我的理智不在現場，當許多事情都永遠成爲過去，在記憶的圖書館中，有多少使人不忍再看，不忍重讀？

人的一生就像一塊畫布，可以供我們盡情揮灑；但當黑髮的雀躍走成白髮的蹣跚時，我們重新省視人生那絢麗的畫布，那斑斕的圖案是我們想要的嗎？當未來分分秒秒逼進，時時刻刻全都成了過去，那沒法挽回的瞬間，成了最遙遠不可觸及的距離。（李子傳）

簡評

以時間概念闡釋空間命題，是相當高明的取材。文中「人類歷史數千春秋，翻覽史書有多少難以沖熄的憤慨？」將題目作得很寬廣，但文後未有承繼的內容，甚是可惜！

目 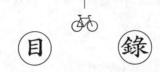 錄

說　理 ■■■━━━━━━━━━━━━━━━━━∽

主題作文 ■■■━━━━━━━━━━━━━━━━∽

寫人

教戰篇

　　獲得諾貝爾獎的海明威有一部巨著《老人與海》，全書只寫一個主角——老人。那老人是個典型的漁夫，卻有著與困境搏鬥的不典型個性，全書素材只有一點點，事件也不怎麼曲折，這部小書卻能讓後人一再咀嚼閱讀，正因為他在這個「人物」身上寄寓了足夠的深度。我們要書寫的人，有沒有這種深度，全賴觀察的人願不願意深思。希望透過以下陳述的三個步驟，同學們也可以適切地掌握寫人的關鍵，發掘出自己要書寫的「那個人」的特質與深度。

一・由形入神，形貌真切，神態就細膩。

　　俄國作家果戈理說：「外形是理解人物的鑰匙。」形神兼備的肖像刻劃有助於揭示人物的性格特徵，表現人物的內心世界，甚至暗示人物的命運。所以，當我們要下筆書寫人物，尤其期望讓該人物的形象凸出有生命，由裝扮服飾入手，是最直接、最恰當的選擇。這個作法，必須著根於平日的觀察，否則，如果只一味地用一些成語，什麼四方臉、濃眉大眼、烏黑長髮，人物的形貌就太制式了。法國文豪福樓貝爾說：「世界上沒有二個同樣的石，二枚同樣的樹葉。」再典型的人物，也有非典型的特質。

　　比如紅樓夢第三回，王熙鳳出場的派頭，全由形貌描述，氣勢十足：

　　　　這個人打扮與眾姑娘不同，彩繡輝煌，恍若神妃仙子：頭上戴著金絲八寶攢珠髻，綰著朝陽五鳳掛珠釵；頭上帶著赤金盤螭瓔珞圈；裙邊繫著豆綠宮縧，雙衡比目玫瑰佩；身上穿著縷金百蝶穿花大紅洋緞窄襖，外罩五彩刻絲石青銀鼠掛；下著翡翠撒花洋縐裙。一雙丹鳳三角眼，兩彎柳葉吊梢眉，身量苗條，體格風騷，粉面含春威不露，丹脣未啟笑先聞。

　　在雨果的孤星淚中，男主角俊華欽接受一位主教的招待，當俊華欽進入屋內時，雨果寫著：

　　　　門大大地開著，門口出現一個人，身體沒有很高，可是非常寬大和健壯。他的臉既憔悴又凶惡，頭髮剃得很短，兩眼像火一般亮著紅光；他的衣服已是非常襤褸，而且灰塵滿身，在背上還背著一個背囊，一隻強健而骨節稜稜的手裡，拿著一枝粗棍子。他的表情粗魯又膽大，疲倦又強悍。

　　而招待這位令人心生畏懼的前罪犯進入屋內的主教呢？雨果安排俊華欽深夜偷取主教的銀器時，看到熟睡的主教：

　　　　他的表情，完全像一個天使似的，充滿著滿足、希

望和德福。在他的前額之上，有一道光輝，就好像他頭
髮周圍照出了一道光環。

　　藉由兩人不同的外貌描述，讀者已經可以掌握其個性的七
八成了。

二‧以具體的情節，將人物的性格、心思、感情、容貌烘托而出。

　　在蠟像館中看到的雕像，再怎麼「栩栩如生」，都不可能
「生動」，為什麼？因為沒有動作讓這個人物展現出個人的特
質。所以要讓自己所寫的人物「有血有肉」「可敬可愛可悲可
憫」，便必須透過具體的情節狀寫。

　　比如張大春在《四喜憂國》中，寫到將軍與其子之間個性
的差異，他用的就是動作上的特質：

　　　　將軍從望遠鏡筒裡盯住維揚灰色的風衣漸行漸遠。
　　維揚走得很慢、很小心。滿地爛濕的草葉和飛濺的泥漿
　　居然沒有弄髒他筆挺的米色法蘭絨褲角。將軍自己倒不
　　顧忌這些，他一輩子高視闊步，撲面的風雨和陷腳的泥
　　濘總是讓他感到爽快。

　　而細膩的動作描述，更可以使文章想要表達的意趣自然呈
現，尤其是讓有相同經驗的人興起類似的熟悉感。

　　　　老人咳完之後，嘴巴開始咀嚼動作，他的嘴裡有個

物品左右上下地動來動去，臉部更因此不斷扭曲變形，
好似有一整嘴的痰準備要傾洩而出

學生郭旭舜此段文字精準地特寫出咳嗽老者的動作，令人
望而生厭。

三‧以慢鏡頭手法表現，神采留置更深刻。

在使用文字之時，有些同學往往急著「說完」自己的發
現，結果浪費了每一個「細節」，處處蜻蜓點水，自己寫得流
暢，讀者卻不知所云。殊不知只有放慢筆勢，讓文章有如電影
中的慢動作方式，這樣讓主角的神采才會更顯著。像朱自清寫
他的父親：

我看見他戴著黑布小帽，穿著黑布大馬褂，深青布
棉袍，蹣跚的走到鐵道邊，慢慢探身下去，尚不太難。
可是他穿過鐵道，要爬上那邊月臺，就不容易了。他用
兩手攀著上面，兩腳再向上縮，他肥胖的身子向左微
傾，顯出努力的樣子。

取了一個具體的事件，觀察出父親的動作，並且放慢描
述，父親那胖而用心的背影，便令人感動。

他上下來回的咬著筆桿，微微皺著眉頭，嘟起嘴
巴，另一隻手的食指左右摩擦著下巴，似乎能以此搓出
靈感來；或是雙手交叉環抱在胸前，歪著頭，撇著嘴，

不耐煩地瞪著作文稿紙。偶爾,他會翹起二郎腿,茫然地望著前方,為這沈重的作業壓力小憩一番。最後,他眼睛一亮,忽地睜大,露出發現新大陸般的燦爛笑容,開始振筆疾書,他專心一致,豁盡全力的氣勢,令人肅然起敬。完成了!他慵懶地躺向椅背,「呼!」如釋重負!他輕輕蓋上筆蓋,掛著微笑仰望窗外充滿希望的藍天白雲!

　　學生李俊鋐以寫作文為事件,掌握苦思者的動作,以慢鏡頭方式書寫,既細膩又深刻。

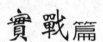
實戰篇

一：有一個人

題目

　　每天清晨，你在半夢半醒的狀態下，可能已經聽到長輩在廚房中摸摸敲敲的聲響；上學途中街頭熙來攘往的人潮，從你身旁流動而過；教室內坐在你的左右前後同學的舉止行動……，我們每天的生活，有極多的人在身旁，你注意到了嗎？現在，請輕閉雙眼，在腦中浮現的人物中，對你而言最清晰的是那一位？他留在你腦中最深刻的那一幕又是什麼？

　　請以「有一個人」為主題，寫出一個在你腦海中留下極深印象的人物。文長300～400之間。不需命題。

作法說明

　　當要描述的人沒有地區年齡的限定時，取材相當困難，同學們遇到這種題目，千萬記得不要花太多力氣「決定」要寫誰，只需要分辨「那一個人我比較有話可以寫」。

　　寫人除了形貌與動作要具體細膩之外，也要多用譬喻以強化意念，同時，千萬要避開陳腔寫作，努力自創形容。比如「烏黑的頭髮，白皙的肌膚、整齊的貝齒」，這種女子滿街都是呢！實在沒什麼特色。

範例一

　　我的姐姐是家中的藝術家，尤其在琴藝的表現，更是不同凡響。

　　每當她指間輕觸琴鍵，隨著樂譜上的音符指揮，一曲曼妙的旋律隨即展開，她任憑柔軟的腕關節帶動，彷彿五音十二律全輸入筋骨，靈活的指腹在黑白為鄰的鍵盤中暢快地滑行。掌心起起伏伏，替生命的曲調作深情的灌注，隆起時的神勇，又不時伏在鍵上撒嬌。咚的一聲，指梢飛向天際，悄然無聲，忽地重重落下，而在與鍵盤契合的那一刹那，滑一下，又彈了回來，這一次的盤旋，比上次更快，再次落下，柔軟而舞動的身軀，律動似波浪的手臂，靈活的指尖，頓時如頂著千斤重般，一貫地將這股壓力釋放，琴鍵早已有所準備，隨著相觸的那一刻，著實地凹陷下去。

　　頓時，華麗波瀾的聲響震遍天際，結束了這一場舞動的樂曲。（黃繼賢）

簡評

　　優雅的樂曲在起起伏伏之間，更見美感，以動作寫音樂，最是獨特，姐姐「音樂家」的形象，因而深刻。

✏️ 範例二

　　在一個炙熱的午後，正在等待遲遲未至的公車的我發現了一個熟悉又久違的影像：一位矮胖的婦人站在小貨車前忙碌著。「要爆囉！」她大喝，隨即一個大鋼筒發出碰然巨響，冒出大量蒸汽，這是快被遺忘的傳統零食——爆米香，我開始被這個畫面吸引。

　　在烈日灼烤下，她用黝黑粗壯的手快速倒出鋼筒內的米香，裝進大木盒中，她胡亂拭去臉上汗水，以圓短手指拂去覆在額前的灰色髮絲，快速的在冒著煙的米香上淋下麥芽糖，俐落的加上花生，迅速均勻攪和。接著，她掏出桿麵棍，用力的將米香壓成形。她刻著皺紋的樸實臉上雖掛著疲憊，但眉目間卻可見她堅毅的性格。她以滾刀切割成品裝袋，兀自微笑著招呼一個個幾乎不瞧她一眼的路人。

　　小貨車上一袋袋溫熱的米香在日光下更顯白得刺眼。公車終於進站了，我匆忙衝上車，公車開始在車陣中緩慢移動。我透過車窗，凝望那逐漸縮小的婦人背影，我明白在她發痠的手下壓桿出的米香蘊含著對傳統台灣文化最深沈的關懷情感與堅持，在一聲「要爆囉」後，隨著氣爆聲昇華在這個淡忘過往的繁忙城市裡。（林思言）

簡評

　　婦人形貌，工筆描繪；全文不寫婦人疲勞困苦或為家計辛苦，能以「傳統消逝」為基調另闢一徑，相當難得。

二：劉海戲金蟾

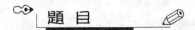

題目

九十三年學科能力測驗非選擇題一

下圖中人與蛙的神情、姿態十分有趣，請細細玩味後，㈠各以50字左右之文字描寫他們的神情、姿態，㈡各以一、二句話擬寫他當下內心之所想。【注意】：神情、姿態之描寫，與各自內心之所想，二者之間應相關、呼應，不可風馬牛不相及。

說明

大考中心命題委員何寄澎教授表示，這一題著重評鑑學生的描述能力。

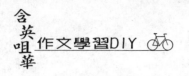

依據說明要將第一題再分㈠、㈡書寫。

第一小題需以50字左右寫人、50字左右寫蛙，偏於著墨蛙或人都將減分。

第二小題必須同時描繪人與蛙的「神情」、「姿態」，二者不可缺一，如寫「佝僂的身形、枯瘦的軀幹」，落於只寫姿態而不見神情；寫「蛙黑色的眼眸閃過白色的恐懼」則僅道「情」，而不見「神」，如此無論文筆再生動，也終將難逃降級分的命運。有些同學更以「敘述」替代「描寫」，如寫「那人不停的追趕，那蛙也一直向前！破麻衣、蓬頭垢面，他全不在乎，只追逐他貪婪的對象；牠後蹬，前腳一伸，又是一大步，但安全之地仍在恆定的距離之外。」便是在敘述圖中的故事，亦非題旨要求。

題目要求各以一、二句擬其心所想，即使覺得一、二句不足以涵蘊，亦得懸崖勒馬，因為文字超過太多也要降級分；更應注意描述人與蛙的想法時，最好彼此能夠對應，這幅畫才會有張力。

而這一個單元因為是「寫人」的單元，所以下列範文只有「人物部分」。

✎ 範 例

㈠那人只見他收緊眉毛，目光對焦於蛙之上，瘦挺的小腿蓄勢待發，隨時準備噴射向那無辜的獵物；而蛙那兩顆瞳孔無力於眼窩之中，拼命指揮蛙腿承載軀幹前跳，封起平時大啖小蟲的脣舌，因為風水輪流轉，現在另一張貪婪的大嘴在追趕牠。

㈡人：「前面的，別跑！你跑了誰來供奉我的五臟廟呢？」

　蛙：「加油！加油！再不奮力向前就要落入永不見天日的無底洞啦。」

簡評

　　姿態與神情兼具，更有獨具之創意。本文寫出圖中未呈現的部分，「平時大啖小蟲的脣舌，因為風水輪流轉，現在另一張貪婪的大嘴在追趕牠」使得文章涵義得以拓展。

三：偶像

✎ 題 目

九十三年指定科目測驗非選擇題

　　請以「偶像」為題，寫一篇文章，文長不限。

　　「偶像」可以是「仰慕的對象」，也可以是「學習的典範」等等。你可以針對這個文化現象，提出理性的思辨；也可以敘述你模仿、追逐歷史人物、身邊長輩、各行各業精英或故事中角色的經驗；敘議兼具，也未嘗不可；但務必建立屬於自己的、首尾連貫的脈絡。

✎ 作法說明

　　在寫人之時，可見敘述能力；在寫思辨之時，可見個人的人生觀點，這個題目可謂好寫又有辨析度。尤其此類文章可藉

由「取材」找出作者的價值觀，故同學不宜敷衍取材。不要為了想寫「記敘文」就隨便找一個不太熟、沒什麼特別感覺的人物入文，是不是偶像，其實很容易自文字中看出。

有關取材，取偶像的才華不如取偶像的職業，取偶像的職業又不如取偶像的人格行事。「以道德征服人心，比權力懾服人更為持久悠長」。因而應努力仰望青史，發掘那些冠絕時輩，譽望所歸的高才秀質之士，他們歷經歲月磨礪依然令人仰慕，依然保有永遠的青春！從價值取向看，吸引新青年的應是具革命意味的思想，因而也可取異國賢士，透過文字書寫，睜開眼睛看到世界前進的潮流。

任何題目其實都可以透過文字描述，評鑑學生的文章邏輯表述能力。同學在作答之時，必須將擇重點寫出自己的偶像之所以成為偶像的原因，所以，只寫「羨慕加菲貓懶散悠閒」，沒有點出受影響的原因與結果，並不合宜。至於本次指考有一位得滿分的同學以山普拉斯為偶像，他清楚敘述山普拉斯成功及生涯走下坡的狀況，最後微笑宣布退休的過程，啟示部分寫「人都會遭遇挫折，但不要害怕失敗，應以開闊心情面對未來人生」全篇文章能夠精準將自己的偶像之所以成為偶像的原因簡潔扼要寫出，也寫出自己受影響的原因，自然是一篇好文章。

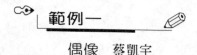

範例一

偶像　蔡凱宇

在歷史的洪流中，有橫槊賦詩的曹操、七步成詩的曹丕、不為五斗米折腰的陶潛、文采過人的李白……等，這些耀眼的

星光，照亮了屬於他們的時代，也照進了後人的心房，一切的豐功偉業不斷地被傳唱，成為一般人的偶像。然而在我心中，浮現出的偶像形象，既不是在文學馳騁的騷人，也不是呼風喚雨的戰士，而是在科學界耕耘的大師——愛因斯坦。

　　一位猶太人的後裔，背負著民族歷史深沉的記憶，仍懷抱科學的熱忱，往自己夢想飛翔，探索著宇宙奧祕的定理。一本「相對論」正是他夢想的實踐，清楚著描述光和時間的關係，指引著後人邁向真理的大道。藉著他的引領思想，或許人類肉體仍有重重限制，心靈卻能自由地探索整個宇宙，並勇敢的航向太空船都卻步的地方。

　　「一個人的成功，不是在他的事業成功，而是在成功之後又能謙虛以對。」這一句話正是愛因斯坦最好的寫照。在一次演講中他將相對論中數學部分完全歸功於他的好朋友，這一種平淡，造就了他不朽的人生，這一種寧靜，透露著偉大，就如同麥克阿瑟為子祈禱文中「真實的偉大在於樸實無華」，雖然掩藏了光輝，卻讓他真誠的性格完美的綻放。

　　「幽默感使生活更加的圓滑」，愛因斯坦在他繁忙的事業中，加入了一些的喜氣，苦悶的人生中，加入了一股鮮血。「幽默在言中，甘於飲陳酒」他強烈的幽默，深深感染四周的人，在他理性的人生觀、科學觀中，幽默感讓他的生命多了一股感性的價值。

　　一個人最大的悲傷不是死亡，而是沒有實現夢想；一個人值得讚賞的，並不是成功帶來的心滿意足，而是成功背後的努力，以及獲得成功仍能謙虛待人。這一切在在顯露出愛因斯坦的完人性格，這一些性格也在在影響著我的人生。

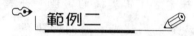

簡評

例舉偶像人格特質，回答「為什麼愛因斯坦成為你的偶像」十分婉轉，但答案何其易見！文末綜合整理前文，結構允稱周到。

範例二

偶像　劉德佑

「搗香惹塵塵不盡，折藕成絲絲難絕。」每個人的生命中，總有個影響自己最深的偶像，我也不例外。雖然我的偶像不如富蘭克林那麼有名，不如　國父一般有著宏遠的功業，但在我的心目中，她永遠是最偉大的人。她，就是我的母親。

「我幼年時家境並不富裕，因此我早早便進入社會工作。……」每當母親談起幼年的家庭生活時，我總似在聽著一個故事……。母親對自家孩子的教育最是注重：自小，只要我犯了錯時，她都是不打也不罵，反而先問我：「你為什麼這麼做？」而每當我說完原因之後，她都會仔仔細細地告訴我道理何在。她總是告誡我：「做人做事要先苦而後甘，吃過苦，才能去品嚐甜的滋味，去體驗汗水換來的成果。所謂『天下父母心』，沒有那一位為人父母者，不願看見自己的兒女幸福，不願看到他們的成就……。」我想到尼采的話：「受苦的人，沒有悲觀的權利」是啊！母親要我先去體驗苦的滋味，不也正是指引我走向開闊而樂觀的道路嗎？

看到她早晚忙碌的模樣，我心底點起了感激的心燈，我想，世間再也沒比母親的愛更純潔的了，雖然她不曾言語自身

的辛勞，但我都明瞭，也全能體會。母親，是上天賜與人類最珍貴的寶藏，在我心中，始終在我背後支持我的母親是我心中最偉大的人，是我永遠的偶像。

簡評

　　本文記偶像的內容，頻取言例為證，因而這位母親的形象顯得極為具體。而另加的引言更可見得腹笥。

四：何義士

題 目

九十三年學科能力測驗非選擇題三

閱讀下列資料，並依要求作答。

有一個人，人們叫「大鬍子」，以下是關於他的報導。

　　甲、義大利籍天主教靈醫會會士、澎湖惠民醫院院長何義士修士，1924年生於義大利，十二歲加入天主教靈醫會，在斷絕財富、色慾、謹防意外三項會規外，何義士自己許下第四願：為一切病患犧牲。1947年，義士離開義大利，跟隨靈醫會的會士遠渡重洋到中國大陸雲南省行醫救人。

　　在雲南工作期間，眼見當地政府對痲瘋病人的漠視，當時年僅廿三歲、心懷公義與悲天憫人的何義士修士，總是難過地掉下眼淚，於是全力投入痲瘋病患的照護工作，並四處籌募基金，在雲南興建痲瘋病院和綜合醫院。詎料，他的作為，被當

地政府視為具有政治意圖，最後只好黯然離開中國大陸。何義士回到義大利潛心學醫，希望學成後回到東方，繼續行醫。

1953年，何義士隨靈醫會的弟兄們來到當時十分落後的宜蘭縣羅東鎮、由醫會創設的羅東聖母醫院。他視病如親，遇有醫急狀況，不惜當場挽袖輸血給病人，一直到他辭世為止，總計捐給台灣人三萬七千五百西西的鮮血。

那裡偏僻，他就去那裡。1958年他主動向修會申請，前往離島澎湖濟世行醫，更募款興建澎湖惠民醫院。1973年，他到台北三重創辦診所，1983年，何義士再度回到澎湖接任惠民醫院院長職務。他體恤醫護人員辛苦，又不放心病患，總是堅持親自值夜班，一天二十四小時不限時、地，為病患看診。不論多晚，只要有病人求診，他都能在極短的時間內趕走疲憊，改以笑臉面對病人和家屬。因為他堅信，醫師給病人的信心是最佳良藥。

乙、1999年8月剪報

在澎湖奉獻近半世紀的天主教靈醫惠民醫院院長何義士，於8月15日傍晚在未為人察覺的情況下，坐在院內客廳的椅子上安詳的走了，享年七十五歲。他生前曾獲頒三次的醫療貢獻獎，也曾獲得其祖國義大利頒發的最高榮譽騎士獎章，他的逝世留給各界無限的哀思。

惠民醫院修士韓國乾表示，何院長走得很安詳，臉上還泛著紅潤的光澤，如同在安睡中，在教會來說，這是天主因何義士為中國病患付出一生而給的榮光。

韓修士回憶指出，15日上午，何義士還主持聖母昇天彌撒，神情愉快且精神飽滿，中午用餐後，騎著腳踏車外出運

動，下午四時許回到院內，一如平常般，熱情地與人打招呼。接著獨自一人至院內五樓的客廳小憩，至六時許，韓修士依慣例至五樓客廳請他下樓用膳，只見何義士安詳的坐臥在椅上，狀似熟睡，韓修士輕搖他的肩膀，發現沒有反應，立即召請值班醫師急救，但已經晚了一步，醫師研判是心臟衰竭。

經何義士修士診治過的病人，對他留著美麗的大鬍子有著極深的印象。與他接近的人都知道，他之所以留著大鬍子，是因為在他廿三歲離開故鄉時，母親曾對他說：「維護神職人員形象最好的方法，就要像個愛心的老者。」從小受母親影響甚深的年輕何修士，於是開始蓄留鬍鬚，立志做個有愛心的人，做個具有好形象的神職人員。

何義士最常掛在嘴邊的一句話就是：「人不能決定自己的容貌、身高，但卻可以選擇生命的樣式。」因此終其一生，他都決定選擇在雲南或是澎湖這些偏遠地區，為病患服務。他自奉甚儉，別的修士不穿的衣服，只要能穿，他都會愛惜的撿拾來穿。他一輩子關心別人，為他人設想，晚年仍時時掛念雲南的痲瘋病患，為了興建那兒的第二座痲瘋病院，何義士正在趕寫一本有關雲南痲瘋病患的書，準備在聖誕節前出版，以便募款。為此，他常趕稿至凌晨兩三點，過世的前一天晚上，他仍在熬夜趕書。

何義士在澎湖的最後一段路程，僅有教友、院內同事及少數曾被何義士救活的病患排在棺木兩旁陪著他，走得冷清，不少人忍不住為他叫屈，當場痛哭起來。

現在，讓時間重回1999年8月14日晚間——也就是何義士生命的最後一晚；他坐在桌前寫稿，忽然覺得身體不適，於是

起身走動，回座後深感自己已然年老，過往歲月一幕幕浮現於眼前，他不禁陷入沉思之中……

此時此刻，他會想些什麼呢？又會向上天祈求什麼呢？閱讀上述資料後，你對何義士修士的人格、襟懷與志業當有所認識、了解。在此基礎下，請以其眼為眼、以其心為心，用第一人稱「我」寫出何義士生命最後一晚的所思所感、所祈所願。

【注意】1.不必訂題目，且文長不限。

2.不得直接重組、套用各則報導原文。

✎ 寫作說明 🖊

本題全文篇幅極長，閱讀費時，除語文表達外，亦考驗閱讀速度、理解歸納的能力。大考中心命題委員何寄澎教授表示，這一題著重評鑑學生的抒情寫作能力。本題宜以抒情為重，若花太多篇幅書寫其人經歷（幾歲如何），或文章顯得冷靜理性，則不易動人心弦。

書寫之前，必需先掌握文本重點，再發揮個人想像。若平日養成對周遭人事物敏銳的觀察力和感受力，擴大自己的生活視野與心靈觀照，寫作之時，會有較佳的表現。

本題取材含有社會關懷之意識，讓人領悟：人道、無私與奉獻，使這位平凡人顯得何其不凡，何義士沒有諾貝爾獎的光環，沒有名聞遐邇的聲望，沒有炙手可熱的政治權勢或影響力，也沒有富可敵國的雄厚財力，但他流露的生命光華，真是令人感動與欽佩。若書寫的內容針對性不太夠，彷彿可適用於任何一位富有愛心、長久奉獻心力於病患、又有宗教情懷的人身上，應該會影響分數。

如果僅以「祈禱文」形式寫其願、以「感謝銘文」方式表述所思，如「祈求世界和平，人類永無病痛之苦」、「感謝上帝使生命豐富」、「告慰自己不虛此生」都流於空泛，無法精準深入其生命。

另外，即使本篇未限定字數，以高中畢業生的程度而定，仍宜是五百字左右的三段文字為基礎。

✐ 範 例

夏日的夜空，繁星羅布，皎潔的月光照耀著大地，此時，我的心境也如同眼前的景致一般的寧靜、安詳。

回首我一生漂泊不定的足跡，走過了雲南、宜蘭、澎湖等地，救了無數的生命，人生就像一本畫冊，內容如何，端看個人如何描繪，我選擇了奉獻我的人生給這個世界。過程中即使充滿了荊棘與障礙，但我並不覺得苦，病人們露出的真摯笑容，是我心靈最大的慰藉。回想當年年輕力壯，懷著一顆充滿熱情的心，想要幫助更多的人，但歲月是殘酷的，如今的我已是個七旬老翁，年老體衰的我，想要去幫助更多的人，心有餘而力不足。

人生最大的苦痛，不是死亡，而是沒有完成夢想，我想要幫助更多的人，像一根蠟燭般，為這個世界發光發熱，但我這根蠟燭似乎已燒到了盡頭，神啊！請再多給我一些日子，讓我能將這僅剩的日子，鋪寫出我人生中最美的篇章。（高介其）

簡評

全文掌握何義士最常掛在嘴邊的話是：「人不能決定自己

的容貌、身高，但卻可以選擇生命的樣式。」而寫，強調出個人的選擇，頗具內容針對性。至於「生命長度」的祈願，固然有高遠目標，然而「讓我能這僅剩的日子，鋪寫出我人生中最美的篇章。」仍寫出小小的自私，不合於何義士的生命情境。如果全文皆守在首段的「寧靜、安詳」，必定更具有宗教家的虔誠之美。

五：最欣賞的人

題目

九十一年指定科目測驗非選擇題

　　孟子曾說：「古之人，得志，澤加於民；不得志，脩身見於世。窮則獨善其身，達則兼善天下」《盡心上》，標舉了知識分子在窮達之際的理想作為，但面臨生命的重要轉折，每個人的作法會因其性格、際遇與修養而有所不同。所以，無論是憂讒畏譏、忿懟沉江的屈原，或是不為五斗米折腰、守拙歸園田的陶潛，或是曠達自適、無處而不自得的蘇軾，都為後世立下了不同的典範，而他們的任事態度與生命情懷，也都反應在其作品中。以上三人，你最欣賞哪一位對於出處進退的態度及其作品？為什麼？試結合其生命情懷與作品加以說明，文不必分段，以300字為度。

作法說明

　　在這個題目中，自己所選擇的人物，以及所說明的理由，

可以完整呈現出「你」的面貌。所以，選陶潛該表現他「窮則獨善其身」的堅持，不要寫「不必為那個勞什子的社會負什麼責任」或「我們寧可追求自由」；寫蘇軾當然是「遇事豁達」，豈可用「隨便」來詮釋？當然，選屈原就該寫他的「擇善固執」，不該寫「遇事一不作二不休」呀！

不要三個並寫甚至作比較，以免歧出窮達之外的主題，更因為三者好壞曲直豈是三言兩語可以說透？再來，既然要針對窮達出處以及作品而寫，便不該忘了借用作品伴講，否則將陷於無憑無據的窘境，即使無法全文默出，也要正確講述相關作品的宗旨。另外，所挑擇的人，除應與自己氣性相近之外，也要自己熟悉，才能言之有物。同時，至於題目所用的泛論，什麼守拙歸園，況達自適，都不夠。

範例一

三人中，我最欣賞陶潛。我欣賞他不為五斗米折腰的骨氣，嚮往他守拙歸園田的無拘無束。我以為，作人就當如此：作事積極進取，做人十足自信，態度自由自在。陶潛放棄了官場上的功名利祿，看破世俗紅塵，寧可返歸田園耕種，生活萬分愜意。我正夢想自己，在生命中的晚年，能享有如此清靜的生活：找一處山間小屋，徜徉溪流、雲海間，何等的輕鬆！離開城市的塵囂喧鬧，離開羈絆自己大半輩子的生活。（徐南豪）

簡評

善將引導文字使用的泛論加長文句，美化意涵，如「五斗米折腰的骨氣」、「守拙歸園田的無拘無束」即是。本文有抒

情的句式，有生活型態的嚮往，表現相當細膩。要將作者的實際遭遇寫出，他的生命情懷才能沉著展現，本文少了這個文字，十分可惜。

✒ **範例二** ✏

　　三人中我欣賞蘇軾。暫且不論他在文學上留下的瑰麗文采，單看他的遭遇便讓我欣賞。這位文豪屢遭放逐命運，再有滿腔報效朝廷的熱血也會為這一道道聖旨而凝結，再開朗熱心的人也將在這種命運中學到心灰意冷。但令人意外的，蘇軾反在這種生命挫折中，找到自抒懷抱的利器，學到嘲笑人生苦難的態度。「心似已灰之木，身如不繫之舟，問吾平生功業，黃州惠州儋州」這種不嗔不怒的自嘲文字，是我最欣賞他的原因，曠世奇才不僅東坡公一人，然而無畏困境、熱情不減的生命，千古可不多見！（楊瀚平）

[簡評]

　　針對單一詩句作單一主題的理由詮釋，全文凝鍊有味。處處可見美感，如句子的「再有滿腔報效朝廷的熱血也會為這一道道聖旨而凝結」，再如語詞的「不嗔不怒」等，皆有令人眼為一亮的功效。

六：人物評價

題 目

如果從文學史中截取最燦爛的一段，那麼非唐宋莫屬。而唐宋文學家又以古文八大家最具代表，請同學思維這些人物的作品與事蹟，描述其中最令你欣賞的一位文學家。字數不限，不需定題目。

作法說明

當人物評論需要「憑空而想」時，事蹟寫得愈真切愈難，所以將感想集中在「感佩」的層面可以取巧，然而，相對的，人物的形象缺少描述，感佩不免流於空泛。

範例一

中國自古以來就不少變法的例子，春秋時有商鞅變法，宋有范仲淹的慶曆新政和王安石變法，可是其中卻也只有商鞅變法算是成功，而商鞅後來也慘遭車裂之刑。由許多的例子中可以看出中國人守舊不肯改變的弊病和因循苟且的心態，中國人能大破大立者寥寥可數，而王安石正是這少數人中我最敬佩的一個。

王安石處身的背景，是積弱不振的北宋，當時北宋空有禁軍九十一萬、廂軍三十六萬，卻每年得進貢大批財富給遼國以換取和平，直到帝位傳到了年輕的神宗皇帝，王安石才得奉召

主持新政，但新政執行之初便遭守舊大臣的反對，少了得力人士的支撐，新法仍無法解除北宋的積弱，仍然走上敗亡之路。

　　從王安石的身上，我了解到處在一個黑暗的大時代那種無力感，而書中最讓我敬佩的則是王安石對自己志向的那一份執著，當朝廷百官都爲利反對他時，他竟有勇氣繼續推行新法，而當許多天災接連的發生時，百官都藉此發揮，說新法觸怒天神，而王安石仍據理力爭，使新法得以延續，這種執著正是我們該學習的。（王偉銘）

簡評

　　不涉入複雜的政治改革，只將個人的感佩寫出，既簡單又深刻。

範例二

　　唐宋八大家中，蘇軾可說是其中的傳奇人物。

　　蘇軾從小便聰穎過人，但也使他自大起來，少年時血氣方剛，有了點小成就便覺得了不起，但刀要石磨，人要事磨；人外有人，天外有天，終使他變得溫恭謙遜，成爲有名的才子。

　　一個人的天資好，是一件好事，但他得學會努力，才是值得高興的事。愛迪生曾說過：「天才是九十九分的努力，加上一分的天才」蘇軾出身書香世家，從小便讀了不少書，長大後更閱盡好書，因「才子」之稱，並非浪得虛名，不僅以妙對使人心服口服，還曾「妙對驚遼使」，替宋朝爭了一口氣。

　　蘇軾因詩成名，也因詩使得官途沈浮，居無定所。蘇軾因考取進士，而啓開崎嶇的官途，他和朝中一些大臣不和，因此

每一作詩便遭人挑撥，所以他就四處貶官，也因爲被不斷貶官，才使他有機會到處見識，增廣見聞，可謂是苦中作樂。在生活中也需有如此態度，才能充分利用人生，萬萬不可因爲生活苦，使得心境更苦，如此非但毫無裨益，更加一份愁雲慘霧。

蘇東坡的一生可做爲我們做人做事的借鏡，他年少時體會到學海無涯，人外有人；他年老時體會到讀萬卷書不如行萬里路，這些話雖然簡短，卻蘊含許多血淚交織的心路歷程！（陳政慰）

簡評

取蘇東坡數事爲主，一一闡述個人的欽佩與感想；用語頗見巧思，如「生活苦，心更苦」；更善運用成語，如「血淚交織」等等，文學底子不差！

物記

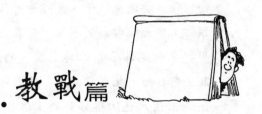

教戰篇

　　物品形象的呈現是語文表達的一項很基本的能力，在古文的雜記一類中，便有「書畫雜記」一類，如韓愈的〈畫記〉，將一幅韓愈割愛予人的畫中景象一一述出，便是記物文章的作品；而以「物」為主述的詩作也多有常見，如古詩十九首中的〈迢迢牽牛星〉、或劉楨以詠松柏為旨的〈贈從弟〉等等皆是。甚至在一般的抒情文或記敘文中，也常藉一些物品的巧思設計，使得情思意旨能夠婉轉呈現，比如琦君的〈髻〉一文，藉由母親與姨母所梳的不同髻型，寫的是兩名女子對生活與情愛的不同觀點。

　　記物記得好、記得妙，自然能夠將這個主角傳神的展現，更可以傳遞文士想要描述的更深層意念。記物要能活靈逼真，這種手法有部分秘訣必須掌握。

一·由外形、用途等方向，細察此物，以求能夠掌握住「主題」的特色而寫。

　　如學生高偉鈞所寫：

　　　　許多蟲對人類有貢獻，對生態系亦有貢獻，例如：可以採花粉的蟲等，但會引發傳染病的昆蟲也不在少數，其中又以蟑螂最為顯眼醒目，牠是最容易侵入民宅

的種類。要避免蚊子、蒼蠅等，只要門窗關好，就可以預防，但是蟑螂無孔不入，而且爬行的詭譎姿勢就讓人覺得此物絕非善類：地上爬、牆上天花板吊著也可以爬，想打牠，牠還會飛，即使丟到水中也不會死，連續餓牠三個月也活得好好的，這種除非打爛否則不死的蟲，在人類和牠搏鬥的過程中，更增加了極多的氣憤。

以特質書寫蟑螂，觀察十分細微。

二‧任何記敘必須掌握「慢動作」原則。

今日歐美動作影壇，已經拋開原本對動作片的快速運鏡方式，開始流行東方的動作美學——大量使用慢動作表現，似乎也認同著，慢動作帶來的戲劇張力更為強勁。如：

　　那是一尊以唐三彩製成的武官俑。雙眼平視，懾人的目光眺望遠方，雖沒有黑色的瞳仁，可那深邃的眼睛卻好似活生生的。他一手倚在腰上，一手彎曲而五指平伸，掌心向外，像是在聽些什麼。兩腿一前一後，穩穩的護住壯碩的身軀，瞧他那身材比例以及直來直往的輪廓，這傢伙生前若不是胡人，也肯定是東北來的漢子。一身甲冑服服順順的貼在他身上，一環一節都有個金屬圈扣住，胸前那片盔甲一閃一閃的，稱作「明光鏡」，是唐代將軍身份的一種象徵；那盔甲的兩肩分別給兩頭猛獸咬著，一左一右，好不威風，往下看去，下身的護脛便沒做得那麼結實，想來也是，這軍人騎著馬南往北

閣的，若一堆環環扣扣的東西綁縛，豈不方便？唐三彩
是我國藝術的精神，在這尊武官俑的背後，讓我見証的
不只是唐代藝術，更是胡漢融合的大唐盛世。（李昕峯）

仔細的觀察、精準的筆力，再加以對時代的評斷之語，文
章顯得詞采豐美，人文意涵十足。

三・多運用聯想，使得內容更為豐富。

任何文章皆應多作抽象具體雙向的聯想，不論是俗語或古
今中外史地人文的聯想，皆能使所寫之文章不再受囿於純寫
「物」的範疇。如古詩十九首中〈迢迢牽牛星〉：

迢迢牽牛星，皎皎河漢女。纖纖擢素手，札札弄機
杼。終日不成章，泣涕零如雨，河漢清且淺，相去復幾
許，盈盈一水間，脈脈不得語。

以牛郎織女的傳說入文，使得牽牛星有了不同的粉彩浪
漫。

而學生張耀軒所寫：

世界知名的花都巴黎，市內就有數十座陳年的橋
樑，克服了塞納河的險阻，聯絡了左右兩岸，也才有今
日的浪漫光環。

以〈橋〉為名，將世界知名的橋收納入文，使得文章取材

多方，呈現多方面貌。

四·三合一的方向仍可為主流。

主要意念可以走抒情路線，也可以走論說方向。千萬別將
詠物作品寫得如一張超解析度的作品（那個效果任何一架相機
都可以達成），我們應該讓文字達成科技無法達成的層次。如
學生林季延所寫：

> 暖暖的陽光灑將下來，疲倦的我走出教室門外，放
> 眼望去，一片水泥叢林。瞥眼間，發現到窗邊陽台上生
> 長出株株綠芽，正歡喜地向天空揮舞著嬌嫩的雙臂。此
> 時，和風徐徐吹過，增加了些許詩情畫意的氣味，我的
> 心裡，也生長了與成長相關的種種念頭。一株弱小的綠
> 芽，是經歷了重重的艱辛才得以從黑暗界投奔出來的。
> 當它還在種子階段之時，必須等待體內生長素合成，以
> 及抑制生長之離素除去，才能開始發育萌芽。人不也應
> 該如此嗎？將自己惡習一點一滴除去，同時也累積一點
> 一滴的優點，才能成為一個有用的人？

先宏觀記及春意的美景，次寫綠芽的生命力，再由綠芽艱
辛生長的生命歷程，寫及對人類長成的期許。這便是先由抒情
寫景引到記物，再由記物議論的三合一寫法。

記物文章需要相當細膩的觀察力才能抓住所要記之物；也
要足夠的課外閱讀能力，能夠將自己要記之物與其他的人文、
社會、自然、科技等內容聯結，以使文章增加廣度深度；更要

有足夠的善感,使得文章不只有文字有物品,更有足以感人的情思或能夠引發閱讀者的反省。

　　預計由89學年度開始實施的語文表達能力測驗具有「生活化」的命題風格,身邊的人、事、物都有可能獲選為命題的材料。比如在大學入學考試中心89年4月研究出的語文表達能力測驗預試試卷中,便有「請針對某些飼主讓狗到處排泄造成環境髒亂的問題,寫一則50字以內(含標點)的標題。」這一類的試題。可見得,新的入學測驗方式的確是一種學習的新要求,至少是要求中學生必須對於自己生活的四周事物,多些觀察與關心。這種將語文表達回歸對生命的關注的方向,對於習於浸泡在教科書、參考書堆中的高中學生而言,與其說是一種震撼教育,不如說是一種開光儀式。

課外閱讀建議

　　書名:殺手正傳　作者:劉鏞　出版社:水雲齋

.... 實戰篇

一：彩虹

題 目

91-2台北學測聯模

說明：

1.請抄題。文言、白話不拘，須加新式標點。

2.不得以詩歌或書信體寫作，違者不予計分。

3.字數限二百字至三百字之間。

題目：彩虹

作法說明

　　這是一種限題作文，因而，只要是自選定的題目發揮的文字皆為切題文字。然而，既為配分較少的短文（二百字至三百字之間），同學作文之時，便需要對文句多些修飾，以期在相同取材的文章之中，脫穎而出。而字數限定於二百至三百字，因而，沒有上下廿五字的寬限，也就是不得少於二百字，也不

得多出三百字，這個字數限制，很多同學必需格外留神。

範例一

　　雨後，往閃耀日光反向望去，常可見到一彎繽紛彩虹——色彩鮮明、亮度適中，這是造物主的傑作。它那如母親一般細細的眉，讓人溫暖；那像父親淺淺的笑脣，透出關愛。使我每次看到彩虹，心中總升起希望之光。人生路程中的笑與淚，一如彩虹七彩多姿，彩虹撐起的拱橋，將我的苦痛運送到天際，在我心中浮雕著動人且喜悅的連環圖。（林律友）

簡評

　　既是「寫物」，便以寫得細膩為要。

範例二

　　忙碌的宇宙中有顆忙碌的地球，忙碌的地球上有個忙碌的小國，忙碌的小國有個忙碌的我，儘管屋外飄著綿綿細雨，我也無暇抬抬頭，儘管有陽光和細雨織成的美麗彩虹，我也不曾發現過……昨天下過雨嗎？好像有……前天下過雨嗎？不記得氣象臺有報過，今天的台北依舊下著雨，但我還是沒有看到彩虹……上一次看見彩虹的樣子，現在已經忘得差不多……問自己為什麼想看彩虹？因為我忙碌的抬不了頭，快忘了原始的喜悅！為什麼想看彩虹？只是想喚起一些回憶中幸福的感動！……有沒有氣象報告可以預告出彩虹？（陳知瑋）

簡評

近乎韻文的節奏，相當高明；想見彩虹的心情，人我皆同。

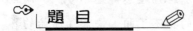 **常識補充**

為什麼古人的詩文中，很少見到「彩虹」的身影？因為古人相信虹是天地間邪惡之氣所形成，《釋名‧釋天》：「虹又曰蝃蝀，陰陽不和，婚姻錯亂，淫風流行，則此氣盛。」

真有這麼嚴重嗎？

然而寓言中，虹卻有很多令人遐思的功用：虹可通天、虹的底端有財富……皆是與虹有關的寓言。西方世界將「彩虹」與同性戀者相結合，舊金山街道上，如果懸掛彩虹旗幟的，便是歡迎同性戀者的宣誓，這些常識，可以為「不知如何入筆」的同學，增加一些腹笥。

二：格子、面具、軌道

題 目

90-3台北指考聯模

「骨架」，如果從動物的角度來說，指的是骨骼，大概像跌打草藥鋪櫥窗裡懸掛著的白骨模型；如果從建築的角度來說，指的是石頭、木頭或者水泥灌注的柱架，就像建築地盤上豎立

的空框。前者，沒有肌膚和血肉；後者，沒有牆壁和門窗。如果從小說的角度看呢，指的是故事大綱，沒有細節。（西西《故事裡的故事》）

上文中，作者不同的角度對「骨架」做多重的解說，並以整鍊的文字清晰地陳述。請參考上文，自己選定一種事物，從三個角度做不同的說明，文長120～150字。

參考事物：格子、面具、軌道、節奏……（僅供參考，可採用其一，亦可自訂）

寫作說明

題目要求要從三個角度作出不同的說明，所以內容必定不可少於三項；同時，所描述的東西三個角度的說明，如果差距無法拉開，便無法讓人感受深刻。

「流水出於文人雅士歌詠，泛指山光水色；出於琵琶巧奏，代指無窮韻味，在遷客人的思維中，則具傷感的悸動。」這文字多美，但差別不大，有多可惜呀！

另外，說明所提供的題目，最好能夠避開，以免除在十萬考生中，難以躲開的重複。比如同一個【軌道】的題目：

貫穿整個台灣的鐵路軌道，鐵路工程師眼中，只是兩條普通的鐵條，必須計算出毫末的差距；但在老一輩人們的眼中，那不再只是軌道而已，而是台灣成長的痕跡。在我看，「軌道」卻是避免我們迷失在花花世界中的好伙伴。（李豪）

軌道就科學方面來說，是天體各行星運行的路線；但如果從大眾運輸的角度來看，捷運、火車，甚至飛機等固定的行進方向，亦是一種軌道，這兩種都是有形的軌道；然而凡事找到

了準則及竅門,我們也用「步上了軌道」來形容,這是無形的軌道;但總合三者,仍有一個交集,那就是——規律。(王偉丞)

上列的文字頗美,所以能夠自雷同取材中脫穎而出,還有【節奏】一題:

以音樂家的角度來看,「節奏」是樂章最高指導原則,時而快板,時而行板。但就運動員的角度來說,那是克敵制勝的基本功夫,「踏踏碰」輕鬆三步上籃;「蹤碰剎」迅速上網截擊。對人身,那是生命的韻律,多一拍不可,少一拍不行,收縮壓不能超過一百四十,舒張壓不能低於七十,掌握節奏,是一種養生之道。(邱煜庭)

上列文章是描述較為細膩的篇目,其他的雷同篇目,真是看一篇知百篇,可真是沒什麼競爭力呀!

範例一

負荷　沈軒豪

負荷是標準的科學用詞,指的是器物對於外加因素的容納程度。在社會學上,它被看成一種指標,影響決策者操盤的方針。至於人的精神層面,我們每天承受大大小小的負荷,它可能是一種負擔,逼著我們尋得出路,也可能是一種生活中甜蜜的承載。在逐漸靠近負荷底線之時,前二者面臨崩潰,人類面臨負荷底線卻能峰迴路轉,開展無限寬廣的可能。

簡評

造語特殊,對比極強。

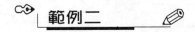

範例二

門　江仲弘

從房屋功能的角度來看，門只是一個進出的通道；如果從牢獄中犯人的角度來看，那是一個限制自由的物件。前者由自己操控，後者卻受他人宰制。就人心而言，門是我們的態度，保持開啓，便能容下各種意見，時刻緊閉，就活在自我世界之中，開關操之在己。

簡評

不但有對比文意，更有「自主」的哲思。

範例三

水　盧映宇

如果用化學的角度來說，是兩個氫分子用兩個氫鍵結合氧原子而成，這是良好的極性溶劑；如果用生物學的角度，那是各種生物活動的必需品，是維持生物代謝與恆定體溫的良好物質；但若由文學角度來看，「滾滾長江東逝水」是無法掌握的時間，「惟見長江天際流」是知交離別的苦痛、「流水落花」則是告別美好生命的歎息。同一個「水」，怎麼形態千變萬化呢？

簡評

角度分野極為明確。熟練的古詩詞，更可加深人文表現之印象。

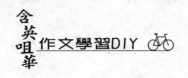

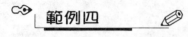

範例四

文字　吳昀錚

騷人墨客們用知性文字表達思想及創作力，有著遺世獨立的格調，也有吟嘯徐行的品味；探求自然的科學工作者用理性文字闡述所見，解決疑問，文字有切磋琢磨的堅毅及實驗精神的完美；前者的作品蘊含豐沛情思，後者的理論深藏大道理。而「文字」於我是感性的，裡頭有我的小秘密和我的夢。

簡評

由人而己；由大而小的安排，最為合宜。

範例五

戰爭　吳祺聖

戰爭是國家為了己身利益所採取的最猛烈手段。對被攻擊的國家而言，戰爭無疑是一種侵略、一種威脅，勢必挺身反抗；對發動攻擊的國家而言，這是正義，也是一種公理。也許幾次轟炸、也許幾枚飛彈，是正義被伸張了呢？還是反抗侵略的一方獲勝？戰爭對人民來講，只帶來斷垣殘壁和茫茫的未來。

簡評

對當下社會局勢，用清明眼神看透。

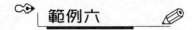

範例六

句號　田彥浩

句號在文句中出現，代表的是一句話的完結、句意的結束；如果現身在感情中，代表著兩人轉變了關係。前者爲上一句留下低迴，爲下一句揭露端倪；後者將上一段情感攝下回憶，爲下一段感情製成了相框。但當它躍上生命的舞台時，代表了生命的終結：只留下傳記，沒有續集。

簡評

題目取得好，尤其關於生命的寫法，戛然而止的「沒有續集」具錯愕之美。

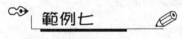

範例七

化石　林宏吉

如果從生物學的角度來說，它是千萬年前遺留下的生物殘骸、生命的痕跡；如果從地質學的角度來說，它是無數歲月風霜孕育而成的石頭。前者沒有生命；後者沒有價值。如果從社會學的角度看呢，它是一具食古不化的肉軀，沒有意念。

簡評

不同角度，不同看法；「沒有生命、沒有價值、沒有意念」的對比極為明晰。

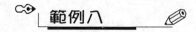
範例八

故事　黃文彥

　　故事，從孩童們的角度來看，指的是白雪公主、灰姑娘等，由王子公主巫婆魔法糖果屋等堆砌而成的幻想空間；從文字的角度來看，是從前的事，是楚漢爭霸、赤壁之戰，是隋唐五代、宋元明清；若從歷經滄桑、幾經波折的文人眼中看來，故事是孩提的綺麗夢想、青年的狂放不羈、中年的顛沛流離與驀然回首，更是一首題為「人生」的詩歌，在腦海中不斷傳唱。

簡評

　　有童稚有文化，更有對人生的深刻體悟。

範例九

焦點　魯家恩

　　「焦點」如果理論數學來說，指的是圓錐曲線中長軸貫穿的點；如果從實用物理來說，指的是光線照射匯聚的一處。前者的公式是中心點座標相加除二；後者的公式是高斯的造鏡者方程式。如果從日常用語的角度而言，指的是眾人目光所指人或事或物，而其公式是讓自己與眾不同。

簡評

　　說明使用的文字也能相互對比，相當巧思。

三：夜間的蛙、蟲

題目

八十八年大考中心語文表達能力試題

文例：只是，這麻雀無法說人語，於是牠只好藉著啾聲表達。啾聲可分長短急緩。長的，輕脆連綿不絕，約略是在訴說神情的愉悅，或是叫喚春日的美好；短的，吞吞吐吐持續，大概是在表達內心的沉思，或是探索事物的新奇；急的，鏗鏗擊個不止，似連珠而無法停歇；緩的，卻又柔柔汨汨流個不斷，反而不似刻板印象中的麻雀了，倒有些悠閑如白鷺，如烏鶩。

說明：以上文字中，作者將麻雀的啾聲細分為長短緩急四種，並分別加以描述形容。

問題：請參照例文，描寫「夜間的蛙」或「夜間的蟲」的「聲音」。文章不須成篇，文長不限。

作法說明

描寫聲音的範文如〈琵琶行〉、〈赤壁賦〉、〈明湖居聽書〉、〈秋聲賦〉等篇目，在各版本範文中多半可見，同學們對這種文體以及行文方式已然熟悉，再搭配上段例文的作品，應該知道，聲音可以由「狀聲詞」、「譬喻法」以及「聯想」方式呈現。二、三類組的同學有野集的經驗，對夜間的蛙與蟲或許有較深理解，一類組的同學具多些感性的筆觸與思惟，這

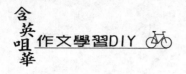

個題目將各有專擅，分出龍蛇了！

夜間的蟲　沈于揚

　　深夜裡，在世俗的喧囂聲漸漸淡去，藏身大地的蟲兒，展現出音樂張力。一開始，一陣牛刀小試的稍快板：由自由躍動的音符伴隨著清脆搖鈴與舒服的空心吉他刷絃伴奏，女主唱柔和的拉開序幕；接著是憂鬱深沉的慢板樂曲：低音大提琴和豎琴引出悠遠、深藍的旋律，有如一顆石頭默默、緩緩地沉入深海般沉鬱。忽然，一聲尖銳的聲音打破僵局，群蟲大亂奏，是重金屬搖滾樂！有隻大鼓連續以沉重轟隆聲，加上破音電吉他的強力刷奏及貝斯的低鳴和黑死金屬的嘶吼。種種元素撞擊而出的暴戾，爆發出大能量，讓漆黑的夜裡熱鬧不已。

[簡評]

　　描述音樂具層次感，並能結合當代各類音樂，使得筆下之夜，熱鬧非凡。

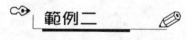

夜間的蟲　張家瑜

　　夜間的蟲聲有著四種不同的感情，各自訴說著不同的故事。長的，聲音綿密而久遠，就像一個輝煌的朝代，上演著不朽的歷史故事；短的，聲音走走停停，恰似一部血淚奮鬥史，在無數的障礙險阻中，攀爬繞道而行；急的，激昂壯闊卻是駟馬難追，傾吐著壯志未酬卻已時不我與的無限感慨；緩的，祥

和淡泊,耳語著年輕少婦對良人的思念之情。四種聲音交錯輪替,使夜間的星空,也為著他們的故事,泛起了點點淚光。

簡評

　　以說故事者的角度述說,蟲聲不再只是「無意義的聲響」,更帶有人文與情緒。

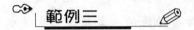 **範例三**

　　　　夜間的蛙　邱煜庭

　　蛙,用鳴叫聲表達千言萬語:快的,響亮而不斷,隱約地表示牠因炎熱夏日來臨興起的喜悅,或是讚頌夏夜裡的一絲涼意;慢的,似斷似續的連綿,抒發牠內心尋見未知另一半的遙想,或對已逝去的伴侶的想念;輕的,若有似無的不止,好比春雨般落在屋瓦上;重的,又似春雷般震撼,一不小心便驚醒那些因炎熱而無法入眠的人們。

簡評

　　表述有層次,以譬喻具象表現聲音,也間接說出個人對夏夜蛙鳴的感受。

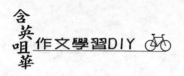

四：建築物

題 目

　　歷史博物館館長黃光男曾在〈建築興味〉一文中提及：「建築是藝術的表現之一，它含有地區的人文精神、生活水準，以及地方性格的獨特品味，才能從中體悟到它的人情溫度、讀解歷史背景，和寄予人生的希望。」隨著台北新地標101高樓矗立，你我周遭的建築物新舊替換快速，而那一座建築物卻一直抓住你的視線，令你久久停駐，玩索不已？

　　請以約二百字的字數，舉出一座較為人所知或是最抓得住你的視線的建築物，書寫看法與感想。

寫作說明

　　因為只有二百字，同學們可以側重氛圍，可以側重場景，當然歷史的背景或建築本身的架構美感皆可以入文！

範例一

　　萬夫莫敵的故事從這裡開始、神鬼戰士的傳奇在這裡結束，象徵古羅馬帝國雄霸天下氣勢的圓形競技場，訴說一幕幕古代力士們浴血的生命相搏，一直到今天，也沒有幾棟體育場比得上千年前帝國的輝煌：十萬人以上的座位，雖然經過歲月的侵蝕，但站在廣場的中央，似乎仍可以聽到野獸的嘶吼、刀

劍的斷裂和觀眾受到血腥刺激而忘我的吶喊⋯⋯或許就是這股氣勢吧？縱使羅馬帝國已亡千年，但圓形競技場的形式卻流傳了下來，在世界的各國角落，立起了一座座形似的場地，曾幾何時不再是血腥的娛樂，但或許是為了承傳那戰場上求生存求勝利的震撼吧！（成詩淳）

簡評

重現歷史現場，書寫極有力度。

✑ 範例二

　　淡水紅毛城是台灣的一級古蹟，它是西班牙人於四百年前建築的，由整個規畫格局可以見得百年前歐洲的城堡式建築風格，城堡內部，雖然不再能嗅出歐洲人的氣息，但隱約仍見得當年歐洲人的生活環境、水準和特色。撫摸著它那黑色沉甸甸的砲台、已遭封閉的井口，眼中見著隔著紅色綢緞區隔線的生活用品，我可以看見荷蘭人趕走了西班牙，卻又被鄭成功趕走的歷史場景。走在人山人海的遊客群，我想著過去，想著自己可以如何創造未來，這便是歷史傳承的美意吧？（吳承峰）

簡評

以歷史寫傳承，運筆頗為巧妙。

✑ 範例三

　　台北車站前的新光三越大樓，有著華麗的外表：一樓門口鋪著大片的花崗石地板，整棟高聳的大樓外牆嵌著美式風格的

玻璃窗，在大台北市中，以鶴立姿態站立。他反映出台北的繁華，也顯示出台北對外來文化的接受程度和對空間的需求，但同時他也和一個都市人一樣，總給人一種特別孤獨的感覺，為了站在金字塔的最頂端，代價大概就是這種高處不勝寒的感受吧？（許智翔）

簡評

美感的建構更加入人文的批評，具個人獨特哲思。

✒ 範例四

金門第三紀念古厝，是傳統的三合院建築。暗黃色的磚壁上有著數不清模糊的彈孔，記載了古寧頭、八二三的戰役。傴僂老人，呆坐在夕陽斜下的庭院，三三兩兩的小雞，在角落吃著小米；整個古厝瀰漫著一股孤寂的氣息，古早風味的建築風格，似乎一如金門，在歷史記憶中逐漸消逝。（葉士愷）

簡評

全文以古今對比，展現出對傳統的不捨與無助。

五：魚

✒ 題 目

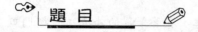

八十八年推甄非選擇題第一題

以下是有關「魚」的兩種不同情境，請選擇其中一項，寫一段散文，可以從「人」的角度寫，也可以從「魚」的角度寫，文限200至300字之間。

㈠餐桌上的魚㈡水族箱中的魚

✍ 寫作說明

餐桌上的魚，不管生魚、熟魚，都是死魚，死魚不能說話，所以，只能以「人」的角度來寫。「死」魚，很犯忌諱，但是，可以寫佛家的不殺生，寫烈士的心態，寫孟子「萬物皆備於我」的自我本位，甚至寫維持自然界生態平衡的必須。寫「熟」魚，可以寫些有趣的迷信，如船家吃魚不能翻身；可以寫你個人對食魚的偏好等等。省思只要能脫於八股，都是清新的寫法。

而水族箱中的魚，「魚」是主題，「水族箱」只是空間的指示。寫法可以由「觀賞水族箱中的魚」來寫，泛寫各種魚，特寫熟悉的某一種魚都可以，再由這些魚想及人類社會。沒養過魚，可以用類比法寫，比如與自然界的魚相比，水族箱中的魚如何等等的比較法。但這類比較法，恐怕難脫離「自由」的議題，若能翻出新意，必更有趣。

✍ 範例一

瞧！我還是很有用吧！活的時候，可以在水族館中供人觀賞，連死後都可被用來「活魚三吃」造福大眾。放眼望去，人類中幾人能有我這為世服務的情操呢？

也只有大禹治水數十載，拋棄親情，為的是對國家有所貢

獻，居禮夫人在丈夫死後忍住悲傷也繼續了她的研究，投身於
對大眾有益的放射研究。人類常怨天尤人的說：別人對自己不
好，那麼，自己又對別人有過什麼頁獻呢？難道只有先聖先賢
才有義務這樣做嗎？連我這小小的魚類都懂這個道理，人類
呢？（王宥德）

簡評

　　寫「生死有益於社會」的主旨，很有意義，可惜，也頂八
股的。

❧ **範例二** ✏

　　魚，這道菜對中國飲食文化而說，十分重要。任何婚喪喜
慶，過年放假甚至是親友聚餐時，桌上總少不了一條魚，而魚
的作法也有不同：煎、烤、清蒸、紅燒或是活魚三吃，各有各
的風味，魚早已深深活在我們之中。第一次見到尚未料理的魚
時，那股腥臭氣味與恐怖的面孔，令我驚嚇不已。我無法想像
平日美味的魚，原來竟是如此噁心。

　　其實，單就這一點來看，人和魚有共通之處，魚在未料理
之前，完全無法入口；而人若是不接受學問教育，亦顯得粗俗
不堪；而隨著料理方法不同，魚的口味與是否美味皆不同；就
像我們求學的階段，自己的努力影響自己的未來，就看我們如
何「料理」自己的人生。（王承愷）

簡評

　　文章架構上十分周全。引申的哲理也不顯突兀。

範例三

　　我，是一條魚，一條金魚，一條住在水族箱中的金魚。而這長六十公分，寬三十公分，高三十公分，沒兩下就能游完一圈的水族箱，將是我渡過餘生的地方。有些魚覺得我很可憐，一輩子註定要待在這小小的水族箱中，就像井底之蛙一樣，永遠也無法想像大海的遼闊。其實，在這水族箱中，我能享受另類的趣味——逗弄人類。

　　那些人類們總愛在水族箱外和我玩大眼瞪小眼，這對我來說是一項不錯的修身養性；有些愛惡作劇的小孩總愛突然拍打水族箱，看我突然游開，我是被他嚇到了嗎？其實不過是演演戲罷了，看他們自以為是的傻笑也蠻有趣的。一切都在我的掌握之中。我喜歡這裡，我喜歡做一條水族箱中的魚。（周景荃）

簡評

　　取材在「喜歡」「自得其樂」之中，與大多數寫「不自由」主題的文章相比，便突出。尤其那人戲魚，魚戲人的羅生門，更是慧點。

範例四

　　水族箱裡的魚，渴望再度回到海裡，不禁把臉靠在人造的玻璃上。或許換個大一點的缸，你還以為回到海裡哩！

　　給你水，給你飼料，就這樣一輩子，就這樣一輩子，沒什麼值得高興，也沒什麼要哀悼。如果還不滿意，可以埋頭睡個好覺，看著電影延續美麗愛情，牠說牠都可以不必有，那我

呢？牠説牠也不用打擊別人來肯定自己，我相信，藍色眼影下
是不會説謊的眼睛。

生命終將老去，那些蠢事你一件也沒做，算是偉大，你也
會後悔吧！難怪你也不曾閉上眼睛，下輩子到海裡去呢！那兒
有愛情，還有你夢想的東西。（簡耀仁）

簡評

呢喃式文句，很新鮮吧！文中灑脱的因子，輕鬆躍出雋永
情味。

範例五 ✏️

寧靜無波的水中，盪漾著一片綠，透過七彩的玻璃珠子反
射的光層層的映入我的眼簾，我是一隻魚，一隻在水族箱中的
魚。

透過圓弧的玻璃，在我眼中那是一片圓圓的大千世界，總
幻想著能有出去的一天，幻想遠遠逃離這灘死水。有顆黑石子
嘗試向我解釋風的滋味，無論他説得如何柔和，我卻抓不到任
何感覺。這真是一種錯誤，魚不該只生活在缸中。我的心渴望
著無垠，卻只能被這現實枷鎖纏繞。

也許魚就不須再希冀外頭的花花世界，或許安穩寧靜的圓
弧世界便是自己的天堂。（馮光儀）

簡評

本文中醞釀出濃洌無奈悲哀的氛圍，收束在「認命」之
中，卻有不甘認命的苦痛。

六：××與我

題目

人與萬物共存同處，感性的人能夠在萬物身上找到靈性，理性的人能夠在其間找到哲思。在你我周遭的物品，大至宇宙地球、小至毛髮昆蟲，「靜觀者」必能得取一二。試以「××與我」或「××」為題，書寫一樣令你感觸最多，讓你哲思湧現的「外物」。

寫作說明

詠物，必須儘量的作「敘事、抒情、論說」三合一的寫作法。寫「物」要精細描述，當然必須善用五種感官。而這個題目不只在於「物」，更在於「物與我」的關係。

同學們思考途徑可以由個別到小團體，由小團體到大團體，也可以由事物引至人生哲學。至於同類的聯想，或是內涵、俗語、神話的聯想，都可以讓內容因取材而凸出。

範例一

蟬與我　劉德祐

在酷暑的午后，靜坐在枝葉繁生的大榕樹底下，享受南風送來的股股暑意。突然間，有一絲細音由我耳邊飄入，然後緊接著一陣陣此起彼落的聲響由樹的枝葉間猛然落下。在好奇心

斷斷續續的趨使下，我開始「攀登」這座傲人的大榕樹，上攬下撐，左曲右扭地窮盡各樣醜陋的姿態去尋找這股聲息的源頭。

忽然間，有一隻偌大的昆蟲在我前方悠閒地伸展牠那穠纖合度的肢體，透明而輕薄的翅，幾乎遮住了我的雙眼，牠用兩隻不甚長的前肢不斷地磨擦著，然後大鳴一聲「唧——」隨即停止，再鳴一聲，又停止。這一回喉嚨可清乾淨了，集中力氣再鳴一聲「——唧、唧、唧、唧唧……」好似在歌唱賽前的準備一般，而四周的競爭者也極有風度地聆聽牠個人的獨唱，頂上的樂隊，也極力地為牠伴奏最精彩的樂聲，然後當牠唱完最後一個音前，鼓起全身的力道，再鳴叫一聲，為美妙的歌曲畫下一個完善的句點。

當別的歌唱者撕裂喉嚨全力吶喊之時，我在旁枝上靜觀這隻蟬的運動：牠展開雙翅到最外邊，然後動動眼珠察看枝葉間的動靜，接著把翅緩緩收回。當牠專注聽著其他競賽者的歌聲時，竟不自主地踏起牠第二肢，好似正在為美好的樂曲擊打著節拍，接著暗自哼著樂曲的調子：「唧、唧、唧、唧唧……」隱約間枝葉底竄起了一股徐風，帶起了陣陣的和音。當我再度將目光集回那隻愛好歌唱的蟬時，我發現兩顆珍珠般的黑眼正在注視著我，牠似乎已發現了我這位「入侵者」的行蹤，而且準備竭力通知牠的同伴有關我這位不速之客的訊息。牠深深吸入一口氣，脹滿身體，而鳴聲正呼之欲出的一刻，牠卻拍打了幾下雙翅後，不再有動靜，似乎對我入侵的意圖已大致明瞭，而歡迎我參與這場盛大的歌唱比賽。

金烏逐漸飛下西山頭，夜幕也低垂，我坐在窗前靜思著今

日的奇遇：面對蟬鳴的一幕，我想再沒有更幸運的了！

簡評

　　似乎持著放大鏡，作細膩的描寫。蟬的特色，必須以「聽覺」摹寫才能表現，本文掌握得很好。

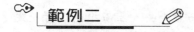

範例二

　　蝴蝶與我　李嘉鐸

　　那是一段上下學必經的道路，旁邊就是一塊工地。一簇簇的野花雜草不知怎麼的就從土石堆旁鑽出來。小時候的我，看到這樣的畫面，心裡總覺得奇怪：怎麼會有這麼不搭調的景致呢？為此，我總是好奇地蹲下來觀察一番，而這也變成了我每日一定的研究工作。

　　直到有那麼一天，一如往常作我的觀察時，突然發現了有一片葉子特別奇怪，不，應該說特別漂亮：一大一小的兩片相連在一起，粉白的底色中多了幾點小黑圈，那真是片已經搶盡野花風采的不速之客。再仔細一看，不，那不是葉子，牠會動，兩根鬚鬚在轉動，晃動著。我開始害怕了，我不知道牠究竟是什麼，想離開，卻又被好奇心給留住了。牠一動也不動的棲在那兒，就像是個默劇演員；你看得到他靜止在舞台上，卻可能永遠猜不到他心中所要表達的。牠在想什麼嗎？牠準備要做什麼嗎？還是，牠也在觀察我？忍不住的伸出了手去摸牠。突然間，牠抖了抖翅膀飛了起來，但我卻早已沒了先前的恐懼，我記得很清楚，我笑了，我覺得好興奮。飛的感覺是怎麼樣的呢？我竟和片葉子玩在一起，牠也變成了我從前的玩伴之

一。

　　前天去了學校內的蝴蝶館，勾起了我這麼一段回憶。常常在回憶往昔時會可笑於自己的幼稚，但唯獨這一段，我不這麼認為，因為他給了一個都市孩子一點點的鄉土回憶。我也曾經天真爛漫過！滿懷著感激，我決定今天再去造訪老友，回到那段道路，遠遠地就看到一棟新大樓座落在那兒，一股莫名的擔憂油然而生。他還在嗎？一步一步走去，土石堆呢？野花呢？草呢？——他呢？我已經預見解答了，卻已經不想再去思考了。事過境遷，物換星移，平地變出一棟高樓，昨日的小男孩也變成今天的大男生，這是段喜劇開場，悲劇結尾的故事，歡聚的結果似乎總是別離。

　　昔日景象不復見到，但心中的蝴蝶，依然在飛……。

簡評

　　完全感性的筆觸，傳達著溫柔的念舊。很多的設問，其實正也是內心激盪的表徵。

範例三

頭髮　李俊儒

　　頭髮生長的速度很慢，沒有人可以在短短幾天內，由大光頭變成披頭散髮；但是，總在不經意的時候，它會長過眉毛，長過眼睛，長至後脖根，若再不理會，有一天，它可能在腰際擺盪，像廣告一樣，你可以把它甩來甩去，然後指著家中的小貓小狗，喊一聲：「相信我，妳也可以辦得到。」

　　沒有人知道它是怎麼長的，至少不像把彈簧拉長那麼有公

信力：也許在公車上，也許在餐廳裡，可能在會議中，啊！對了！最有可能的是在考數學寫不出答案時，抓耳撓腮拉頭髮的時候，那密叢叢的東西便又抽拔出來一點點，無聲無息。

它很頑固，一直到它鞠躬盡瘁的那一個日子，保護頭部的重責大任仍由它來承擔。幾撮毛的力量極有限，但它仍相信，也必須相信：「它能做得最好！」永不止息地追求完美幾乎是它的特徵了，即使能做的不是很多，它老是希望能表現最強大的一面；就算人們寧願戴上堅固強硬的頭盔或安全帽，它還是認為能以柔軟蓬鬆來溫和的制止戕暴。它不斷的長、不停地長，非干美醜，無關榮辱，「克盡職責，忠於職守」。變長、變長、變長，那是日復一日不變的工作；僅管人們總是愛在頭髮上亂搞花樣，它仍堅持自己立場。而服膺大自然的律動以生生不息，那是它大無畏的單純所形成的生命唯一意義。

簡評

隨想式的寫作，搭配著廣告詞語的幽默，使得其實有深切蘊涵的文筆不再枯澀難讀。

範例四

蟑螂　高偉鈞

蟑螂是存在歷史悠久的昆蟲，能活到今日而不衰絕，自然有一套強勁的生命系統，這也是人類討厭牠的原因。因為殺不死，也殺不完，長時間偈處在骯髒的地區，光是那暗棕色就惹人討厭，另一種德國蟑螂是黑白相間，更有一分使人不安的氣息。

　　許多蟲對人類有貢獻，對生態系亦有貢獻，例如：可以採花粉的蟲等，但會引發傳染病的昆蟲也不在少數，其中又以蟑螂最為顯眼醒目，牠是最容易侵入民宅的種類。要避免蚊子、蒼蠅等，只要門窗關好，就可以預防，但是蟑螂無孔不入，而其爬行的詭譎姿勢就讓人覺得此物絕非善類：地上爬、牆上天花板吊著也可以爬，想打牠，牠還會飛，即使丟到水中也不會死，連續餓牠三個月也活得好好的，這種除非打爛否則不死的蟲，在人類和牠搏鬥的過程中，更增加了極多的氣憤。

　　達爾文在〈天擇說〉云：「適者生存，不適者淘汰。」每當我在家中看到蟑螂時，都會興起「打死牠」的念頭，這是人類保衛自己的殺戮行為，連文學家林文月也不例外，不過她老人家最後心軟了，我可不是如此，既然「物競天擇」，我就是生態系的一分子，可以在任何情況下殺掉蟑螂。但是，回想起也挺悲哀的，牠也沒有惹我，我憑什麼殺牠？只為了一時氣憤之心？一句「看牠不爽」，就飛過去一隻拖鞋嗎？

　　蟑螂是無知的，昆蟲是無知的，牠不知道牠們對人類的危害。〈七殺碑〉云：「天生萬物以養人，人無一德以報天，殺殺殺殺殺殺殺！」肅殺雖然殘酷，但天生萬物，包含了蟑螂，但牠對人類有害，為了除害，也只能殺了。〈濟公傳〉中一位主角白靈曾說：「是人在害人，不是動物害人。」其實在生物界未必盡然，不就有蟑螂等少數分子在作怪嗎？要殺死牠！雖千萬隻吾往矣！

[簡評]
　　細細掌握了蟑螂的習性而寫，果然可以挑起同類同仇的忿

慨。蟑螂為害部分如果只寫了「傳染疾病」四字，後文的「肅殺」之公義其實並無太多正義可以支撐。〈天擇說〉，〈七殺碑〉、〈濟公傳〉分屬不同範疇的閱讀可以陶鑄入文，可見個人的日常關懷、日常閱讀與個人成功的吸收咀嚼。

範例五

水銀　張君豪

　　妳是宙斯天庭判入凡間的女神，高傲尊貴的化身，塵世間的一切都與妳格格不入。

　　妳是柔美婉約的礦石，如眼淚一般澄亮的礦石；妳沒有流水那麼容易臣服於大地，從高處跌入谷底，竟是一顆顆不願投降的碎裂，碎裂成一粒粒比荷葉上的晨露更貴重更華美的珍珠，而華氏900度便是妳回到奧林匹克山頂的諭令，這沾染了灰霧的土地不適合妳生存，終究只能等待返回天上的那一刻。

　　想要捧著妳，一親芳澤，卻發現妳晶瑩的外貌之下，竟有著比蛇蠍更憫人的毒，令人望而生畏。畢竟，妳是誤入凡塵的天使，最後只能屬於自己的靈魂。也許在那冰冷的化學試管瓶裡的妳不知道自己的身世，單純的以自己就是那在火山岩內的塵砂之中的小小，唯一的不同是常溫之下為液態，沒有三態變化而直接昇華，還有密度$13.6g/cm^2$,可以救人也可以殺人，噢！不！那只是妳在人間的偽裝啊！

　　世上只有妳──水銀──讓我感到敬畏，那不平凡的靈魂告訴了我，世上的一草一木，一石一物都蘊藏著玄妙幽美的「奇蹟」。

　　闔上眼，我彷彿可以看到了水銀天使正拾起她的淚，緩緩

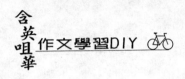

登上眾神的山。

簡評

　　化學名詞的「沸點、二態變化、凝結不流散」特質與神話的種種印象完美聯結。主角是「妳」，最後「妳」歸回神天，是「我」彷彿見到的，這種敘述觀點的轉換，易生突兀。

寫景

教戰篇

　　一般寫景作品，似乎可歸納出一種基本結構：敘事＋寫景＋抒情或議論，這是一種三合一的寫作方式。名為寫景，實旨在所感所論的所在多有，如：〈墨池記〉、〈岳陽樓記〉、〈醉翁亭記〉皆是。

　　敘事以遊歷原因，地點，時間為主敘內容；寫景以實景寫作為主；最後再引發一番感慨或議論作結。即使不必成篇，寫景的技巧也能為論說或記敘文加添美妙因素。

　　寫景的筆力還可以為其他的文章生色，不論是記敘或是論說，「事情」說清楚之外，如果巧用「景色」傳遞情感或哲思，必定更有餘韻。

一‧取材方式

㈠取材宜擇選代表性，或令人印象深刻的。

　　如〈醉翁亭記〉第二段：「日出而林霏開，雲歸而巖穴暝，晦明變化者，山間之朝暮也。野芳發而幽香，佳木秀而繁陰，風霜高潔，水落而石出者，山間之四時也。」便緊抓住代表性的風景寫出醉翁亭四季與朝暮的景色。

　　再如〈岳陽樓記〉中，以雨天與晴天兩種不同的變景對照寫出。以寫雨景的「霪雨霏霏，連月不開；陰風怒號，濁浪排

空；日星隱耀，山岳潛形；商旅不行，檣傾楫摧；薄暮冥冥，虎嘯猿啼。」這些文字來看，雨天能見度低的晦暗、水邊排空的浪濤、岸畔舟船的破敗，甚至獸類可能的哀吼，皆有「具代表性」的特質。

(二)**取材貴能見人所未見。**

文章如其人，要有個性才有看頭，否則，如果寫到自然景色就用「好山好水」；寫到都市景色就用「都市叢林」「擁擠的人潮」「炫麗的霓紅燈」「車水馬龍的街道」，那麼，你的文章和別人的文章便大同小異，沒有個性了。所以應如〈晚遊六橋待月記〉以朝煙夕嵐以及月景為主要重心，具個人視角。

在該篇中，固然注意到西湖「綠煙紅霧」「歌吹為風，粉汗為雨，羅紈之盛，多於隄畔之草，豔冶極矣」代表性的景色，更點出「朝煙、夕嵐、月景」這三個時段俗士未能見發的景色，以全新的文字表現「湖光染翠之工，山嵐設色之妙」「花態柳情，山容水意」，使得西湖最盛，一日之盛，皆能在作者刻意當中呈現觀照。

(三)**取材需配合文章主旨。**

任何景色皆有可喜可悲，可群可怨的素材可供取用，主旨如何，取材也就需要取捨。如〈黃州快哉亭記〉寫景必是令人「快哉」之景；取材皆與「快哉」相關聯。黃州之景，赤壁之下，會讓蘇軾有「多情應笑我」的自嘲，蘇轍自然也會有這種情緒，但在這篇〈黃州快哉亭記〉中，蘇轍取的景則是以「岡陵起伏，草木行列，煙消日出，漁父樵夫之舍，皆可指數。」「濯長江之清流，挹西山之白雲。」「連山絕壑，長林古木，振之以清風，照之以明月。」為主。這些眼見耳聞的取材、鼻嗅

身感的觸動，皆是圍繞著主旨「快哉」而起。這便是配合文章主旨的好取材。

㈣取材需把握「人文」與「自然」二大特色。

如〈墨池記〉聯想到王羲之即為人文取材。而有關人文，可以用下列三個方向思考：

1.個人感觸：「和徐的微風輕的拂著我的思維；蔚藍的天空，解放了我的俗念，什麼是『無入而不自得』？現在的我便處在這情境中。」（周志豪）

2.論說的議題：「這一天的形形色色明日又會重演，但主角可能已換了人。街頭巷尾的種種故事不就是一個人生的縮影嗎？」（王禹軒）在全篇寫景之後，以「人生是戲」的評論收結，也是這種手法。

3.歷史沿革，如：「台灣在蠻荒未開時，荷蘭人已相中淡水這個軍事要塞。現代的紅毛城不再是英雄們互相馳騁爭鬥的地方，堅利的鐵炮也已生鏽，剩下的只是一座充滿古意與歐式色彩的城堡。」（呂英嘉）

二‧抒寫重點

㈠描寫要具體生動。

學生古修銘針對學校一隅，寫著：

下午時分，八德樓的磚牆被雲縫間的陽光照得一閃一閃。樓前一排排的大王椰子又高又挺，褶皺的樹皮與泛黃的葉梢，似乎訴說著它那歷經滄桑的歲月。樹前的石椅，石屑剝落，椅面處處裂痕。裂痕之中，竟有幾株

小草往上掙扎。石椅前以紅磚砌起的籬牆，早已不復當年的紅豔，不若前方的PU跑道，鮮明搶眼。PU跑道的空地上，一座座籃球框直架而起，球架的藍漆斑駁，藍皮的螺絲鬆落，籃網也殘破不堪，倒是幾十年來，一批一批國中畢業生，依然嚮往在這座球場上奔馳。

視野由近而遠、由低而高的安排，予人不斷前行，不斷仰望的延續感受！

(二)善用想像力與聯想力。

〈兒時記趣〉中將蚊子想像成了黃鶴；〈黃河結冰記〉中，自雪月交輝景致想聯想到謝靈運詩句即是。再如老舍〈濟南的冬天〉一文中寫到濟南冬日可見得的山景：

> 看罷，山上的矮松越發的青黑，樹尖上頂著一髻兒白花，好像小日本看護婦。山尖全白了，給藍天鑲上一道銀邊。山坡上，有的地方雪厚點，有的地方草色還露著；這樣，一道白的，一道暗黃，給山們穿上一件帶水紋的花衣；看著看著，這件花衣好像被風兒吹動，叫你希望看見一點更美的山的肌膚。等到快日落的時候，微黃的陽光斜射在山腰上，那點薄雪好像忽然害了羞，微微露出點粉色。那些小山太秀氣了。

老舍將所見之山，聯想成日本的小看護婦，於是不論姿態也好、穿著也好、氣質也好，便因而有了不同的韻致。

而學生洪崇晏寫到歷史博物館時，他說：

從三樓休憩區往下望，那居高臨下的感覺，就是登泰山而小天下的感覺。

這種以人文取材入題，是一種很好的聯想。

㈢**虛實並用**。

學生呂劭倫在描述歷史博物館時，寫到：

那雅座古色古香，上有彩繪天花板，下有原木地板配上彩瓷小凳，把手輕靠在木窗框上，即可一覽館內荷花池的全貌，此時正值春末夏初，粉紅的荷花尚未出現，只有青綠泛黃的荷葉點綴水面；池邊的走道上遮著個白木架，好像要支撐什麼似的，楊柳自顧自地垂向水面隨著微風輕擺，向一旁的過路人招手，但路人不領情，只一心希冀看到荷花綻放，看到魚兒在清澈的池中閒游。

正午的荷花池，特別幽靜。

描述的景致時，由人文而自然，最後以幽靜哲思作結時而具體，時而虛象，使得幽靜情致自現。

而學生徐執中描述著靜湖時，他寫：

無形如絲的風，一如不經意即流逝的時光，在湖中原本平整的面容撥挑出一層一層的漣漪。

這種虛實並寫的手法，在沉靜中展現了時光的流逝。

㈣善用修辭法。

學生描述著草地時，分別寫著：

> 飽受踩踏的車前草依然堅毅地向上（馮健榮）
>
> 小徑上的花架，攀附著許多蔓藤類的植物，從遠方看去，好像一條擱淺的青蟒，動念逃離灼熱的陽光。（蘇柏銘）
>
> 褥暑的煩躁，隨著接近荷花池的腳步，一分分地溶解於池水之中（陳曉峰）——擬人與誇飾合用

第一句以擬人法完成，第二句譬喻與擬人合用，第三具更加以誇飾手法，皆可見傳神之功。

㈤運用感官能力。以視覺、聽覺、嗅覺、味覺、觸覺和綜合摹寫六種摹寫方式強化摹寫之景。

下列學生的文字，皆以視覺摹寫完成：

> 炙熱的豔陽，照得邊地面反射出金黃色的光芒。（王振軒）
>
> 舊的校牆上，不時有著青苔及藤類植物攀於其上，古老甚至出現裂縫的校舍安靜得屹立在那裡。（李易聰）

三・結語

王冕在畫作受肯定之前，駐足荷花池前觀察相當時日；達

文西在藝術作品受到肯定之前，親自解剖相當多具屍體以求更能掌握人體的骨骼、肌理。

要將寫景文章寫得好，懂得仔細觀察便是第一步要件。

司馬遷能夠創作出鉅作史記，被後人譽稱為文史大宗師，和他在早年行萬里路的自助旅行時，觀察搜集的經歷有密不可分的關聯；法國小說家莫泊桑在初學寫作之時，他的老師規定莫泊桑必須到街頭寫出一百個車伕不同的姿勢，這種訓練也為文學界多了一位好的捕手，因此，由細膩觀察之後，將觀察所得記成筆記或草稿，也可以使創作的廣度提昇，密度提高。寫景文章乍看固然是局囿於記錄眼前景物，其實，相關的觀察與記錄絕對可以通用於各類文章。

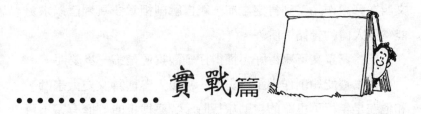

一：書房

題目

九十三學年度上學期台北學測聯合模擬考作文題三

一架架連壁的書城，圍起一座文化寶藏，走進書籍，就像走進漫長的歷史，鳥瞰遼闊的世界，悠遊於無數閃爍的智慧星之間，讓人突然變得渺小，又突然變得偉大。書房，操持著生命的盈虧與縮漲，讓身在其中的人閱歷人間風景，嗅到人類群體才智結晶成的生命芬芳。

劉禹錫〈陋室銘〉、歸有光〈項脊軒志〉，對於其所處書房多所著墨，你平常居處的書房又是什麼樣的光景？請以「我的書房」為題，寫下俯仰其間的風景，它可以是書桌的一角，可以是想像中的書室，也可以是現實的素描。

作法說明

寫「我的書房」可以依循同學學了那麼多篇的台閣名勝文

章的寫作技巧發揮，寫「外觀」、「興建歷史」、「本身感慨」甚至通過書房的事件，對家人與世事的變化，理出情感或是哲思。同學們學過〈項脊軒志〉，即使這一篇以描寫感悟為主，但仍有「外觀」的概敘，有些同學一起筆就是抒志詠懷，反而偏離主題了。

寫景記事要依賴各種感官的鮮明感觸，掌握生活中平常但耐人尋味的感受。同學們對視覺的掌握並不陌生，但對聽覺、嗅覺甚至味覺或觸覺的感官，則往往失去本能，如果這裡加以強化，必有助益。

除了寫景、記事之外，更要把握真情流露的技巧，才能成就出自然的美感。

引導文字中的文字，十萬考生都看到了，不要照抄，否則對自己太不利。

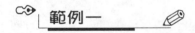

範例一

我的書房　吳品瀚

明朝薛瑄：「萬金之富，不以易吾一日讀書之樂。」——徜徉在以文字、號匯成的洋洋大海，聽到的是字母拼串成的交響樂，看到的是想像力幻化成的山峰、大地，一切的一切，都藏在我的書房裡。

空間雖小，但稱得上浩瀚無垠；裝潢雖簡，仍可算是窗明几淨。白日的蟲鳴鳥叫，開啟了我與古人神遊的大門，乘著想像的羽翼到古希臘諦聽蘇格拉底的奧義；坐著希望的小船順著長江三峽而下，體會李白的「千里江陵一日還」。夜晚的黑幕且讓我鑲上繁星點點，灑落的銀白光芒引領我昇入科學的聖

堂，看著牛頓如何轉動力學的齒輪，最後產生今日的各式機械；拜讀華生與克里克發現的雙股螺旋，了解上帝造物的神秘。

英國啓蒙運動的領導者洛克說過：「喜歡讀書的人可以將無聊的辰光換成莫大的享受。」我的書房或許比不上南陽諸葛廬，但是無處不散發出淡淡的芬芳——是知識的芬芳，是自己和書本連接到人類、大自然共同文化的種種回憶。

我的書房，就像泡在歲月裡的活化石，記錄了我的生命，刻寫著智慧的基因，隨著光陰的洗練漸漸的成長而茁壯。

簡評

書房的功用及自我的生命情趣，皆可見得發揮。取材可見閱歷，布局可見胸懷，層次井然，詞美語醇，耐人尋味。

範例二

我的書房 許晨瑋

一開門，一股香氣迎面而來……書，像酒一樣的，散發著香氣，不同酒自有不同的香氣，不同的書亦有不一樣的香味——新書，散發著清新的氣味；舊書，一如陳酒一般，有著濃厚的香氣；上次做菜，留在食譜令人垂涎三尺的味道；一本本戰爭歷史上似乎還聞得到沙場的煙硝味……，而這充滿書卷氣息的房間，正是我的書房。

一進門，首先映入眼簾的是一座黑色的木頭大書櫃，書櫃中井然有序地站立著不同種類的書籍：有爸爸吃飯的傢伙－電腦專書；有全家吃飯的傢伙－媽媽的食譜；有我最愛的史學和

小說，最下層放著弟弟最喜歡的漫畫書。左邊放了一張屬於我的書桌，桌上散著一本本的教科書和一疊疊的考卷，桌角佇立著一架快成古董的老枱燈，和放滿或壞或身首異處筆的筆筒。我拿著一本厚厚的書，走向凌亂的書桌，坐了下來。

一本書就像個時空門，不一樣的書又通往不同的時空。現在，我打開了其中一道門。我在諸葛孔明的書房，看見了劉備與他共論三分天下，我在愛迪生的書房裡看見了一張張燈絲材料的實驗紀錄，在愛因斯坦的書房中，我看他托著下巴，思考著高深的物理。俄頃之間，我恍然大悟，原來，三分天下之計，燈泡的發明，高深的相對論，都是從偉人的書房中產生的呀！

「吃飯囉！」媽媽的招喚把我拉回了現實。隨便塞一碗白飯後，「我吃飽了！」我立刻衝進書房，因為下一個偉大的發現，就要從我的書房裡誕生。

簡評

有上下古今的仿效意味，而樂在閱讀的寫法，讓書房的效力無窮。首段把握嗅覺而寫，頗為獨特。

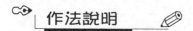
二：看圖寫景

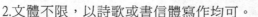
題目

右邊為荷蘭畫家梵谷的「夜間露天咖啡座」畫作，請欣賞全作之後，設想自己是一名觀光客，正坐在這間咖啡座的椅子上，欣賞異國的夜景與風光。並將所設所想以文字呈現，內容可以是「記一日之遊」，可以是「記當夜所見」，也可以是「記當下美景」。

說明：

1.文言、白話不拘，須加新式標點。

2.文體不限，以詩歌或書信體寫作均可。

3.詩歌至少必須十行以上，其餘文體文長至少六百字。

作法說明

本題的設計，期望同學能夠用文字表現「圖象」，全幅畫表現了夜晚咖啡座在熱鬧繽紛的城市生活中寧靜的一隅。滿天星斗照亮了咖啡座、店門口，旁邊的人行道上有些模糊的人

物。同學們應該怎麼描寫呢？

異國情調可以靠地名強化，但只用地名可未必足以呈現異國的氣味。雖然有些同學想要取巧寫字數比較少的新詩，殊不知詩有詩的語言與格式，節奏與情味，其實並不好寫呢！題目要求寫景，更需以寫景、記敘為主；若文章愈寫愈成論說，便是審題的失誤！同學們也可以多運用一些聯想的功力，可以為文章多一些獨特的魅力。

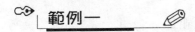

範例一

異域組曲　林毓源

獨自走在異國的街道上，連空氣都特別誘人，連路邊的小花都分外耀眼。路面用深紅的礫石蓋成，不時夾雜些繽紛鮮豔的圖畫，看上去如同綿延數里的畫布；街旁衝然而立的屋舍，儼如聖潔的騎士，守衛著家園。

身處異鄉，落坐於這個露天咖啡座，遠離車陣來往的嘈雜，似乎人事物都暫時消了聲音，沒了動作。只有「沙沙，沙沙」的樹枝和落葉的合奏，點綴著這美麗的夜。

服務生從店裡端出剛烤好的蛋糕，空氣中瀰漫著香濃的氣味；聖心堂的悅耳鐘聲伴著小提琴悠揚的樂音自遠處傳來；左側掛著隨身聽的文藝青年沉浸在自己的音樂世界中。眼睛所見，耳朵所聽，鼻中所聞，在在使我沉醉。

啜飲一口咖啡，在燦爛的夜空下，我似乎聽到梵谷滿意的嘆息。

所有寫景文章必須注意極力將「視覺、聽覺、嗅覺、觸覺、味覺、感覺」等感官所接收的大小事物細膩寫出，本文首段強調視覺，次段強調聽覺，三段寫嗅覺，末段寫以幻覺寫出感覺，如此才能完美地呈現一篇好的異國寫景文章。

✑ 範例二 ✐

夜間露天咖啡廳　吳剛任

　　四月的春夜裡，空氣中飄動著一股清涼的味道，走進這不知名的小鎮，靛藍的天空，掛著美麗的繁星，潔淨的石板路，淺露出歷史走過的痕跡。在這幽暗街道，一間燈火通明、香氣濃郁的露天咖啡座，吸引旅人拖著疲憊的步伐到那兒歇腳。

　　星夜裡，咖啡廳的燈光顯得特別明亮、特別溫暖，路上的旅客受到吸引，陸續的走了進來。對於流浪者而言，這裡溫暖的燈光沖淡了寂寞，香醇的咖啡消除了疲勞，幾位和自己一樣的旅人，互相交換著流浪的消息。店主熱情的歡迎客人的來到，為每位客人加了杯熱騰騰的咖啡。店主斑白的鬢角，特殊的口音，或許是老了的旅人，最後落腳異鄉，雖然年華不再，力量不再，但仍保留了熱情和夕陽般的微笑，帶給人們心靈上的撫慰。在這靜謐的夜晚，只有一群旅人的笑聲，感覺不到悲傷的氣息。

　　人們離鄉背井，或許為了前途，為了事業，或只是一隻孤飛的雁尋求落腳處。會不會有兩人在此相會，竟是久違的童伴，從不同方向追求同一目標，卻不約而同地在這兒碰到了？

在這異鄉的小鎮，黑暗寂靜的夜晚，是不是會有這樣如夢的驚喜？就算有，也只是短促的一夜，明天各自必定又將迎向不同的晨曦。

簡評

　　細膩的寫景，將氛圍完善鋪陳而出；種種「或許」、「可能」安排的是種種心靈處的靈觸，令人讀而心動，動心而同感。以「流浪」為名，便自然而然地有浪漫的情愫；而文末「迎向晨曦」的收束，頗具「你我交會在黑夜的晚上」「你有你的我有我的方向」之類的味道。

三：大城小調

題目

九十一學年度台北第一次指考聯模作文題

　　在世界上有一座城市，我們生於斯、長於斯，每天往來穿梭於斯。舉凡它的街道、建築、節慶活動、飲食娛樂，莫不與我們的生活息息相關。

　　請以「大城小調」為題，鋪陳出自己生長城市的風采神貌。

　　※注意：請勿寫成介紹台北的宣傳性文章

作法說明

以文體來分，這篇文章應是重抒情味的記敘文，若寫成論說文，或觀光指南，都不切題。而引導文字中提示的主題應是「你自己台北生活的風采神貌」，表示這應為一篇以你為主角，以台北為場景的文章，如果只寫了場景，或只寫了自己的生活，取材皆不完備。最需留神的是，既然題目是「大城小調」，如果行文扣緊「音樂」而寫，將更完足。如「台北的聲音是什麼？是兩百萬人不停踏地的轟隆轟隆巨響。可是，我想換成傾聽撲通撲通的沉穩心聲。」（吳明侃）

同時，當記錄著自己的生活之時，寫著：「台北有大大小小的招牌，代表有無數的供應者，可以滿足我們無限的欲望！」這樣是不是顯出過度重視物質生活了呢？或者一直寫著台北的夜生活，是不是明示了自己的奢華荒逸？更慘的是，有同學寫「台北是我的家鄉嗎？我不知道」、「台北與我的關係並非密不可分，在這裡的生活場景，是可以被取代的！」或者直接寫「我家鄉在基隆不在台北」，此時誠實不但是多餘的，更讓人懷疑，這篇文章該怎麼寫呢？

範例一

大城小調　謝右亭

陽光逐漸穿透了凜冽的寒風，春天的氣息也從樹梢的嫩芽間探出頭來。微濕的街道上，剛滴落幾絲春雨，往往復復而熙熙攘攘的行人，似乎也在一同宣布這個台北春天的到來。

一進了捷運，迎面就感受到台北的活力，無論是穿著制服

的學生或是穿著西裝的上班族，乃至於帶著小孩的年輕媽媽，沒有不是急趨而快走，甚至跑步向前的。時鐘像是曾被調快似的，又像是人們無視於它的存在，每個人都如同趕場似的著急奔向嗶聲不止的出口。

順著捷運到了龍山寺站，一入寺內，發現台北人奇特而矛盾的心理情節：既想趕快拜完，又惟恐不夠虔誠。望著萬頭攢動的寺廟，恐怕是連神明也要對台北人生理和心理的忙碌而感到不可思議吧！

經過一整天疲累，終於在台北街頭的咖啡館找到休息的歸宿。一杯咖啡不需要壓力的調味，只需抬頭仰望窗外，迷濛的天空似乎有星光閃耀，也許晚上還有一場惡戰，但仍然靠著喉中的苦澀回憶曾有的甘甜，以及未來期待的滋味支撐。如繁星般密布的燈光裝飾的台北街頭成為一幅梵谷的星月夜，夜深了，但台北的音樂仍未休止。

簡評

本文以最柔美的文字呈現大城中的小調，完全符合題目要求的調性。強調台北步調急速，這固然是台北的特色，然而這也是大多數人會提舉而出的特色，能修應修！以夜收束是多數同學的寫作選擇，然而寫得未若「如星般密布的燈光裝飾的台北街頭成為一幅梵谷的星月夜」美，而「台北的音樂仍未休止」不但回應題目，更有生命永續進行的意涵，實屬神來之筆。

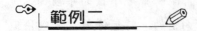

範例二

大城小調　楊瀚平

邁開步伐，披著夜色，我背著書包，穿過大廈陰影底的人潮，那鑲滿華鑽的銀色線條，恣意地勾勒出現代人都會的樣貌，讓我迷醉傾倒。直到ＭＲＴ聲音已遠離我三秒，我走在古樸與繁華兼具的街角，是的，我已經清楚也聽到，它和任何現代化建築都有著相同頻率的心跳。那代表，台北和我的生命一樣，正在蛻變。

十七年的歲月，讓我的耳朵益發接近著那古老歷史搏動的心房，那獨特的韻是如此的熟悉，我低低地吟唱著屬於自己對回憶所作的小曲兒，那調子的節拍是這城市活絡的脈動。從自己存在的那一點，隨著光陰伸展出生活的筋絡，讓我的意志和血流竄流奔騰，成為蛻變心臟的一部分，台北的心跳是我的動力，而我的存在使往昔充滿了足跡，深深地烙印在，我收藏在腦海的記憶裡。

高中的里程或許終會跨進眷戀的禁區，或許更會離開眷戀，但這調子卻永遠能在心波裡盪漾開連游。台北也倦了，深深地隨著沉靜而睡去，但我懂得，我該繼續吟唱著回憶的調子，在明晨來前，輕輕在妳身旁陪妳……

簡評

以「大城小調」的題目而言，這篇懂得以歌聲呈現，將個人的思緒描寫得絲絲入扣，表現凸出。然而，當個性過於強烈之時，便可能遮掩應表現其他層面，如本文，台北色彩微乎其

微，似乎在台南也行，在台東也行！這便是大城的背景未能好好處理之疵。

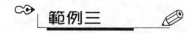

範例三

大城小調　馮彥錡

你知道嗎？在高樓大廈林立的台北城市裡，有個具有湖光山色、河流之美的地方。這個得天獨厚的綺麗聖地，就是內湖。內湖，有若一個翠綠的寶石，鑲在大台北的東隅。而幸運的我就在這裡出生、成長。

山明水秀的內湖，有金面山、剪刀石山、鯉魚山環抱著，還有大湖與碧湖的點綴，堪稱「台北市的後花園」。不僅如此，內湖擁有三十餘所的學校，學子繁多，濃厚的文教氣息薰陶著內湖人。因此，內湖是個好山好水，人文薈萃的世外桃源啊！

記得有一次，我在基隆河河畔，欣賞著基隆河的美麗風貌。忽然，幾隻鷺鷥飛來，欣喜的我轉移了視線，換到了牠們身上。但是，牠們又倏忽飛向遠方，只在河面留著牠們雪白優雅身影翱翔的美姿。

在上元節時，這裡有個特殊的民俗活動「攻砲台」。玩法是將參與者分成幾個團體，彼此互相丟鞭炮，那一方先扔進敵方的「砲台」，引燃對方砲台內的爆竹的就算獲勝。前年上元節，我親臨現場，觀賞這刺激的民俗活動。只見雙方你來我往，激戰許久才分出勝負。霹靂啪啦的爆竹聲，在上元節那天響遍內湖的夜空。那不但是內湖的特色，更是內湖人活力的表現。

　　我喜歡內湖，喜歡內湖自然的景致與豐富的人情味。我的夢想，在內湖綻放；我的羽翼，在內湖展開；我的未來，從內湖啓程。內湖與我的這段感情，已經編織了十多年的歲月，內湖，是我永遠最愛的故鄉。

簡評

　　對鄉土的眷愛，湧於文字之間。些許「老王賣瓜」的姿態，反顯純樸風姿。人文與景色相雜而出，情感露而不膩，取材架構頗為有味。

範例四

大城小調　雷昇

　　台北，是個很美的都市……

　　捷運是我最愛的交通方式之一。我喜歡一個人無目的漫遊。我習慣一進車廂，就倚在門兩側的壓克力板上，靜靜地看著人群熙來攘往，抑或隨任思緒來來去去。車廂中有人長舌、有人神遊書中天地、有人低頭打盹。台北人的色彩，在一個狹小擁擠的空間中一覽無遺。

　　台北的美，五味雜陳。

　　我認為，仁愛路是台北最美的路。從路口行至末端，真讓人有時空交錯的感受。先是日據建築的總統府，接著一大片綠色的歐式風情、現代感的水泥叢林，佐以川流不息的車陣，奔馳在圓環的前後左右。如果札幌的大通道是札幌的腰帶，那仁愛路就是台北的腰帶！它束起台北的興衰，也束起台北的精神，不同於信義路的年輕朝氣，仁愛路的美更具成熟的韻味！

　　台北的美，是經過沉澱的。

　　現代感對我們年輕人而言，有致命的吸引力，那是我也一天到晚往信義區跑的原因。置身那裡，看著渾然一體、色彩單純，造型冷酷的建築，不論是那裡的街道也好，百貨公司、電影院也好，包括高峻的101，讓我恍若置身另一國度。那種美，難以言喻。即使立在冷清的市府廣場面前，千禧倒數的盛況，仍能熱情地撲向我，當夜敲響世界的新世紀，也敲響台北的新紀元。

　　台北的美，有時赤道，有時極地。

　　我愛台北這個城市，不盡然是在現實層面的享受或現代，也不盡然是相處多年的情感使然，而是一種單純的福禍與共的分享，難以言喻但深心明瞭。

　　我的台北，是個很美的都市，美到令人屏息……

簡評

　　為台北唱出四段組曲，不斷地與其他國度，其他地域相類比，取材極豐，更可見得喜愛之情真摯不移。

四：窗外

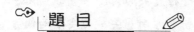 **題目**

八十九年語文表達能力測驗題目

所謂精彩的文字，除了語言需錘鍊、技巧需講究外，其描

繪具體事、物，則鮮明而生動；摹寫抽象情、思，則細膩而雋永；並且往往情景交融、相互烘托。下文選自楊牧〈亭午之鷹〉、〈紐約日記〉，雖短短五百字，卻頗能符合這樣的標準，堪稱精緻動人。請仔細閱讀，品味，以「窗外」為題，另寫一篇文章，文長不限。

【提示】

1. 須點明「時間」與「空間」。

2. 須有具體的景象以及自己的興懷感悟。

3. 不可亦步亦趨模仿原文。

4. 所謂「窗」，可以是任何形式的窗，如天窗、車窗、教室的窗或監獄的鐵窗等等。

我把窗簾拉開，簾後還有一層帆布帘子。我隨手抽那繩索，布帘一抖向上衝去，眼前亮了，天光照了進來。

窗外正是中央公園。隆冬落盡葉子的樹林從腳下向遠處伸展，呈現一種介乎枯槁和黃金的光彩，在寂寂停頓中透露無窮生機。公園西東兩條大道上巨廈連綿起伏而去，俯視那片樹林。天空是灰中帶著微藍的顏色。早晨八點鐘，也許正逢上星期天，在屋裡等待觀望，不知道應該做甚麼，不知道如何處理這整整一天的時間。

從十六樓向下望，路上幾乎就是空曠的。紅綠燈還照常閃動。對街有兩座銅像，都是騎者之姿，耀武揚威的樣子，發散著古舊的綠鬱，軍帽和馬蹄構成一種可笑的角度，頡頏均衡。那騎者的長刀下指，我集中精神朝那方向看去，刀尖下兩個男子圍著一個大鐵桶在跳動，裡生了一盆多煙的火，大概是昨天的晚報或早報，從垃圾箱裡撿來的。他們將報紙點上火，就站

在鐵桶邊取暖，縮著脖子搓手，不時還跳著，並且說話，但我聽不見他們在說甚麼。那火旺燃燒上片刻就弱了下來，他們輪流到街邊的垃圾箱裡去掏拿，一疊一疊報紙扔進桶裡，白煙突突冒升，在早晨冰寒的公園一角，銅像騎者的刀尖之下。

早起的鴿子零落地飛來。

鴿子又停在廣場上，毫無聲息。

作法說明

這個題目以一篇美文為引子，希望能夠觸動同學相仿的哲思、相類的美文。因為描繪的是「窗外景物」，因而，目光能夠游移的範圍有限，然而自己的臥房窗外與公車的窗外取材就會有很大的差距，同學可以取最容易有所感觸的素材著手。

而寫景記物最重要的是具體，如上文的筆力一般，具體寫著流浪漢的一舉一動，以及鴿子的飛翔與聲息。在【提示】中要求要點明時間，因為上班時間與下班時間，甚至夜晚與清晨，每一個時段在同一個窗外都會看到不同的景色，因而時間點明才能讓人體會同學對景物掌握的能力。

有些同學可能會懷疑，楊牧的文章並沒有感觸於其中才對啊，其實是有的。他將對遊民的同情，以可憐地縮著脖子搓著手，燃著片刻即弱的火，而且一直身處於「在刀尖下」，這種討生活的方式，不加興懷也能讓人生憐。同學們如果也能學到這種藉景興懷表感的手法，便可成就上乘文章了。

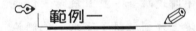

範例一

窗外　洪崇晏

　　晨曦沿著半開的窗口，毫不客氣的滲透進來，溫暖了沉睡的房間，一夜的黑暗冰冷，漸漸被溫熱的氣息消蝕，清新的空氣，淡淡的晨光，開啟一天的序章。

　　敞開帷幔，細視樓下街道，街道似乎還沒完全醒來，寧靜冷清的道路上，散落著幾片落葉混雜著垃圾，隨著一陣清風，磨擦著地面，沙沙聲悄悄地溶入空氣中形成了極富節奏感的音樂。

　　陰暗的天幕似乎還沒完全離去，依然留下了淡淡的灰，籠罩整個大地，微冷的寒風緩緩闖入了房──沿著窗戶賜與的捷徑。把淡淡的暖意驅開，無聲無息侵佔了小小的房間。我下意識的找了件外套披上。依然俯視著寧靜的巷道，稀疏的腳步聲伴隨著陣陣鳥鳴，微微的涼風，飄動的落葉，早晨的靜謐撫平了雜亂的思緒。

　　又是一派和煦的陽光湧入。

簡評

　　首兩段刻意以音樂連結，很有概念，若後文亦能比照辦理必更佳。各段動詞與形容詞運用，極具活化文章之功效，如「晨曦沿著半開的窗口，毫不客氣的滲透進來，溫暖了沉睡的房間」的「滲透」、「沉睡」與「溫暖」等即是。

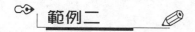

範例二

窗外　林政融

　　拉開了幕簾，在開啓的刹那，金黃色的餘暉奔進了房間，渲染了房間的每個角落，也宣告傍晚的來臨。

　　順著樓房往下看，行人有如螞蟻一般，雖然順著同一個方向但沒有規律；行道樹有如軍隊，雖然不會動但排列整齊；豎立的樓房如鋼琴的琴鍵，有的高有的低。再往稍遠的地方看，可以看到一條被夕陽照耀成紅色的小河，並且襯上連綿起伏的山峰。偶爾看到幾隻掠過天空的飛鳥，快樂飛翔著好像在説：「今天是豐收的一天，明天還要努力。」就連風也附和著，鼓著氣旋把飛鳥送到更遠的地方。

　　往街路看去，下班的車潮排列整齊，隨著紅綠燈的閃動，車流縱橫交織著，形成一個流動的十字架。路上的人們，有説有笑，人人手中提著公事包或書包，他們正享受下班輕鬆和舒暢。有時也看到路上的小販，或許聽到小販的叫賣聲，有時候看到隔壁人家正在煮飯做菜，或許有時候聽到樓上練琴的聲音，如此的寧靜祥和，令人的身心都感到舒坦。

　　夕陽依舊在，晚雲被照得臉紅通通的，而這朱紅色也和天空的淡藍灰色漸層雜著，形成一幅很美麗的圖。晚風由窗外吹進了涼爽的秋意，我坐在書桌前，觀賞窗外一切的靜景動態，突然想：這世界眞是既大又奇妙！

　　站起身子，伸個懶腰。棣色的光芒在窗外閃著，那是一雙歡迎的臂膀，自窗外邀請我欣賞世界。

簡評

　　景分動靜，架構有層次，文末更不忘往未來延展的可能，使得全文言有盡而意無窮。文中所見所聞，呈現「靜觀自得」的妙趣。

五：改寫與寫景

✑ 題目一　✎

九十二年成功高中高一下學期第一次段考作文題

　　杜甫有一首膾炙人口的詩「客至」，請將其改寫成抒情散文。（四百字以內，每多一行扣一分）改寫時，須注意下列兩點：

　　A代杜甫發言，文中的「我」應指杜甫。

　　B從詩的心境出發，多作聯想、描摹，不要只直接翻譯。

　　　　　客至

　　　　舍南舍北皆春水，但見群鷗日日來，花徑不曾緣客掃，蓬門今始為君開。盤餐市遠無兼味，尊酒家貧只舊醅，肯與鄰翁相對飲，隔籬呼取盡餘杯。

　　註：兼味－兩樣和兩樣以上的東西。

✑ 作法說明　✎

將古代韻文重作改寫之時，必須把握題目所提供素材的情

境，同學必須同時經營文字及文氣，同時，也要盡量解脫原作素材形構的束縛，下筆時注意個人的神思的發揮空間。而韻文的「重意象，重象徵」的特性，同學在創作時也必須留神，甚至也能相同地以語體文表現「以情境寄託旨意」的技巧。

本題應注意全詩的主旨，杜甫此詩主要寫的是他隱居的閒適心境與友人來訪的情誼。同學如果只純就文字翻譯，未能營造這個主旨，未必合宜。同時也要注意氛圍的營造，最好具有文藝氣息，讓文章更具渲染力。改寫要注意詩詞中的象徵用法，比如鷗鳥往往是自在的象徵，若你寫「鷗鳥每日到此打破魚兒的歡欣，令人心生鄙夷」、「天天看到有如官場得志小人般的群鷗」就弄錯象徵，表錯情緒了。

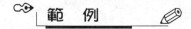

範　例

又是個和煦的早晨。

在陽光的照拂下，屋子前後兩川涓溪有若流動的金沙。鳥鳴飄然落下，我抬頭一看，為數不少的白鷗自在飛旋，彷彿爭著與我分享這明媚的春光。

落花與枯葉自門前蜿蜒前伸，我從不因為客人的遠道來訪而特意掃除。花徑前側的蓬草大門，特地為了歡迎你才開啟。

鄉下地方，本就單純，市集距這兒也有好幾里遠呢！二三樣小菜，您就將就著嘗一點吧！即使我準備的一罈酒，不如紹興女兒紅般甘醇，想必你不會介意！

待我再邀請隔壁的老先生同飲，隔著稀疏的籬笆，一乾而盡，此中的痛快處，又豈是一「暢」字可以言盡？（古修銘）

簡評

依詩而寫，文句流暢，情味十足。

✏ 題目二 🖊

說明：下列引文選自王勃〈滕王閣序〉，試將其改寫為語
體文，為了文章的順切，也為避免流於翻譯，可將某些字詞、
語句、段落加以渲染、修飾、刻畫，擴展得具體、詳細、生
動，以塑造完整的情境。

落霞與孤鶩齊飛，秋水共長天一色。漁舟唱晚，響窮彭蠡
之濱；雁陣驚寒，聲斷衡陽之浦。

✏ 作法說明 🖊

王勃的〈滕王閣序〉為唐代的寫景名篇，此處雖只列其中
六句，卻也可資代表。以視線而言，這段文字將天水合一的景
致用景與聲同時表現，其中更用典故寫出個人難以明述的情
緒。

同學們要能寫得具體，自然必須多用譬喻，如果要掌握情
緒，便必須重現「驚雁」的心態。

✏ 範 例 🖊

寂寞孤高的驚鳥藏在塵埃落盡的晚霞裡，猛一飛昇，似乎
連同夕陽也反抗著自然的規則，不想落入地平線；十一月的流
水不斷纏綿地迎向銀河之濱。而在遙遠的天邊，那維納斯正在
溫柔地梳理著她絲絲細髮，輕輕一滑，就那麼垂落到凡間的初

冬的秋日裡。點點星舟拋丟了俗世的羈絆，恣意地放歌悠游於
江海之中，快活的歌曲響徹了這個金黃色的季節；暮日降臨金
黃驟變爲青黑，速度快得如同一陣強風，颺去了誘人的餘暉，
陶醉的雁兒驚慌得簇擁在一起，想用聲音驅走黑夜，奈何吃人
的寒夜硬是將鋒利的音符橫斷在冷漠天地的眼簾裡。（張君豪）

| 簡評 |

　　以色澤的變幻寫辰光的移轉，孤傲的不羈的情緒自然展
現。

六：梭羅散步隨想

題 目

九十學年度上學期台北第一次聯合模擬考題

　　底下這張圖是美國文學家梭羅經常散步的路徑簡圖，但很
不巧的，這天，梭羅散步回來時因身體不適而無法完成當天的
日記，能否請你根據此張簡圖，發揮你的想像力，幫梭羅完成
今天的日記，以記錄下這幾天散步的路程及心情。（請注意景
物的描寫及心情的描述，字數約300字，又梭羅散步方向從右
上到左下）

⌖▶ 作法說明 ✏

　　寫景文字要緊抓的，當然是景物的呈現，如果只是個人動線的敘寫，便流於一般記事文章，主題不受突顯，文章表現自然遜色。全文既以「梭羅」為題，這個著名的隱士便不致於「趕著上課」「被大自然的寂靜嚇得全身戰慄不已」，請留神這個背景。同時，同學們也要留神題目所提供的線索，不論寫得如何精采，只要與全篇文章氣氛不合的或是與線索提供相左的內容，便不是好材料。

　　梭羅是美國的陶淵明，為一個隱士型的作家，他樂於隱居的自然生活中。下列這段文字，或許可以當作同學們的課外閱讀：

　　每當暖和的夜晚，月亮倒映在湖心，我常常坐在船裡吹笛。夜晚的湖，是一首溫柔的詩歌，我用笛聲來伴奏。有時候，我在午夜划著小船去釣魚，樹林裡，除了夜鷹和狐狸的淺唱，還有許多鳥兒在附近發出細微的啁啾。把船停在四十多公

尺深的湖心，幾千條游魚環繞著我，月光下，魚尾在水面激起的波紋，清晰的浮現眼前，我用一條長長的魚線，打聽潛在四十多公尺深的魚兒。偶爾，魚線那端傳來輕微的顫動，顯示釣餌附近有許多魚兒徘徊。不久，我慢慢的收線，再慢慢的提起，一條鯰魚就被釣上來了。當我優遊於無邊無際的幻想時，忽然被手邊傳來的顫動，重新拉回大自然，在黑夜裡，那種感受的確非常奇妙。

範例一

　　連著幾天的陰雨，終於在今天下午放晴。天空依然陰陰暗暗不甚明亮，我已迫不及待出發。雨後空氣格外清新，一掃家中因潮濕發出的霉味。走到樹林口，迎面撲鼻的是濃郁芬多精，使我精神一振，心情也格外舒爽。森林小徑之上，有小鳥吱啾的啼叫聲，三五不時也聞見貓頭鷹在森林深處啼咕一聲伴奏，這天籟絕非是電子音樂所能比擬的，然而這番享受有多少人能夠領會？忽然，眼前樹枝上頭一團褐色毛球狀不明物體一閃而過，吸引我的目光。走近一瞧，不是一隻赤腹松鼠嗎？近來赤腹松鼠繁殖迅速，危害整片森林，追根究柢，仍是人類破壞老鷹棲息地才造成的生態失調。大自然花了數千萬年的時間創造出生態法則，我們憑著一點小聰明妄想改變，終究不行的。想著想著，不知不覺走出這片松林。松林外，右邊是幾畝麥田，左邊則是水池。因為落雨，農人不在田裡，水池卻因水鳥覓食顯得生機勃勃，和單調的麥田相映，人為與自然的景致形成強烈對比。在鄉野林間漫步，是我的最大精神糧食，在這裡，我心靈從俗事雜念中得到解脫，這豈是華麗的都市物質生

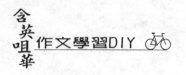

活所能夠比擬的呢？（洪紹紘）

簡評

　　前半對樹林的聲音掌握，文筆不俗；中段以生態寫人之愚昧，為神來之筆。末段以精神與物質生活相比，或許過於沉重，何不重返寫景收束？如：「微風將一枝麥桿吹到池面，綠池如同一張大荷葉，盛裝著金色麥桿，輕輕擺弄，這是大地的脈動嗎？我闔上雙目，和天地一同呼吸。」

範例二

　　望著高聳的路易士山峰，和往常一般，沿著曲折的羊腸小徑，聽著腳踏下時的碎石聲，享受著一個人的寧靜。兩旁樹林中，偶爾傳來禽鳥的歌唱，斷斷續續。迂迴的山路在山腳下、樹林中、石頭旁，浸漬於大自然的清新裡，也讓步行於此的我體會到這份清新。穿過樹林，放入眼中的一大片麥穗正曳著身軀，似乎在歡迎著我。一大群鳥兒受到驚嚇，從麥田中轟的一聲直貫長空，霎時，建構了一幅壯麗的圖畫。在這佇足了一會兒，便朝下一個目標前進。路易士湖畔已接近黃昏了，夕陽的餘暉映照著路易士山峰，在湖面上倒映著，面對這一大自然的巨作，心中便泛起些許佩服與敬意，直到天黑，仍不願忘卻這美好的景色。（吳昀錚）

簡評

　　相當單純的寫景，與自然的契合不言而喻。取材動靜兼具，寫景靈巧不死寂。

記事

教戰篇

　　記事文章重點固然在「事件本身」,但是如何將事件寫得仔細,必須依賴寫景記物的功夫;而事件是否能夠感人,又得依靠文字的抒情功力;至於能否將事件寫得「不只有事件」的層面,除了個人的感悟力之外,更必須依賴對於人生看法的成熟思維。因此,有些人的記事,便只有記事,寫得完整與否的差別而已;有人的記事便能予人無限幻想空間,予人無垠的哲理啟發。因此,愈是能夠不受「記事」文體限制的,也愈能為記事開展另一層風貌。

一・掌握事件原因、事實、結果三要素。

　　如〈桃花源記〉中,漁人因迷路而入桃花源,發現桃花源後又離境,爾後違反承諾,最後以無人再問津作結。原因、事實、結果以順序方式,清清楚楚的寫出。

　　而學生林京叡在描述其舅舅的一段經歷時,寫著:

　　　　前年歲末,舅舅跟了三年多的互助會,會主倒會,留下了一群驚恐又忿懣的會腳,有人自甘倒楣,有人抱頭痛哭,有人扔雞蛋撒冥紙,面對早已人去樓空的宅院,其實沒人知道下一步該怎麼做……

　　　　舅舅不同，極富正義感的他不肯吃悶虧，他開始領
　　導會腳，調查所有相關資料，親自閱讀法律知識與規
　　章，從寫狀子到找到當事人，直到開庭，四處奔波汲取
　　知識，收取資源，最後勝訴，還給大家一個公道。

　　　　連續好多天的陰霾全開，燦爛的陽光照在積水的路
　　面上，綻放著閃耀的光芒。微風吹來，柔柔細細地撫著
　　舅舅的臉，眼前一大片高山，頂著朵朵白雲，這真是一
　　個清朗的好天氣。

　　倒會前因後果皆完整，最後更以景色代表著心境，可謂神
來之筆。

　　任何記事文章，原因、事件、結果這三要素缺一不可。

二‧取材注意經緯，行文要重剪裁。

　　敘述事件，不必一五一十全都記述，只要選擇重要的幾段
加以組合，其餘不必要的可以略去。要不然，也可以用繁簡不
同的筆法，快速簡要的敘述輪廓，再以緩慢繁複的筆法寫出重
要的場景。尤其當所述事情干涉到其他事件時，更須分出輕重
經緯，切切不可喧賓奪主。

　　如〈背影〉一篇，作者與父親平日的相處情況，只用在車
站中作者心裡嫌老父「迂」當代表，至於父親縮頭側身買橘子
的背影，則是細筆慢描，極力闡描。爾後，父子的關係自然大
大不同，但作者仍然只用讀父親來信的一百多字表現。這捕捉
重點的剪裁，使得情感與人物都顯得生動傳神。

　　尤其同學們必須注意，事件固然是因人而產生，然而必須

掌握「事件為主，人物為輔」的手法。如〈左忠毅公軼事〉，左公的長相不重要，重要的是他擢才時所表現的公忠態度，而人物的形貌只在描寫其受酷刑的慘狀時，再詳筆而寫即可。

而學生馬準威寫及其父親「少小離家」的情景：

> 打從我出生，就從未見過我的祖父、祖母，我的印象，只是兩張客廳中懸掛著的照片。三十八年那場無情的戰火，造成父親和爺爺、奶奶分離，當時十七歲的父親，獨身離鄉背井的無助，豈是同為十七歲的我可以體會的？

這段文字將自己無法回答的情緒，以問號表現，這便是一種剪裁。

三‧記錄求真，寫作求美。

描寫要周全細膩，必須依賴人、物、景的鋪陳。十九世紀法國優秀作家莫泊桑說：「把固定粗糙和不動人的現實加工塑造，創作成一個特殊而動人的奇遇，不過分考慮逼真的問題，而要隨心所欲的處理這些事件，把它們加以籌劃、安排，使讀者喜歡，讓讀者感動。」所以，記事文字絕對不能只倚靠「奇特情節」來吸引讀者，反而是要懂得在日常瑣事中，用場景營造氛圍，有動作表情突出具體情思！

描寫要周全細膩，必須依賴人、物、景的鋪陳。寫記事文，應該如同電影分鏡一般，鏡頭分得愈細，鏡頭呈現愈精緻。

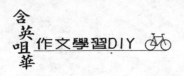

比如：

　　成功高中的「快樂管樂社」正吹奏著悠揚美妙的曲子，每位成員神遊音符世界中，怡然自得。

以上只見簡筆略述，未見分鏡。

　　成功高中的「快樂管樂社」正吹奏著悠揚美妙的曲子，法國號區的成子將樂音圓潤吹出，小喇叭手直立於側，微微揚起的樂器，在日光下閃著亮眼的輝煌，鼓手們右左右左地擊著鼓皮，「咚，咚咚」每位成員神遊音符世界中，怡然自得。

如此才見觀照到各個成員，也才能更顯細膩。再如：

　　下午一點，冬陽和煦。屋裡瀰漫著都市容不下的優閒、輕鬆。她望著他無所牽掛的睡容，微笑的發呆。

學生雷昇這段文字，注意到場景的闡述。

　　她用眼角的餘光看著他，嘴角微微上彎，雖緊張但故做鎮定，只有淡紅的雙頰看出遮掩不了的砰砰心顫。

學生余昇驊這段文字，著重了表情描述。

　　　　就像獵豹窺伺著獵物般，兩眼電掣出兩道精芒，罩
　　住整張棋盤。

　　學生葉佐倫用譬喻將對決的棋手態度，描述而出。
　　以上三段文字，皆可見真實及美感的敘事特質。

四・為全篇立下主要任務。

　　精心經營的作品必然有其主要的任務，有些期許用唯妙唯
肖的情事重現感動作者，有些期許用深刻的蘊寓教育讀者。
　　如〈指喻〉將鄭仲辨的指病寫得詳細，然後發展出治國如
治指病般聯想，這便是以論說立下全篇主旨。
　　而學生周景荃在〈回憶之夏〉一文中寫著：

　　　　和煦的陽光漸漸火辣了起來，樹葉由清新的嬌綠轉
　　變為閃亮的鮮綠，人們打開了冷氣機、電風扇來迎擊一
　　波波襲來的熱浪，夏天張開了他那熱情的雙臂擁抱著已
　　經一年沒有見面的我們。一切的一切，是多麼的熟悉，
　　就像是那個充滿回憶的夏天。

　　　　又悶又熱的下午，一個典型的夏天下午，刺眼的陽
　　光從面西的戶中旁若無人的直搗家中的客廳，客廳像是
　　一個大烤箱，連家具也彷彿要熔化了一般。父親忽然推
　　開了我的房門說：「你想不想學乒乓球？」

　　　　拎著球具，父親開著車帶我直奔——父親的公司。
　　父親的公司位於一棟辦公大廈的十樓，在這星期日的下
　　午當然是不會開門作生意，但在電梯前卻擺著一張乒乓

球的球桌，於是我的乒乓球特訓就此展開。在球桌前，我看到了父親平常不苟言笑的另一面。原來平時文靜的父親在運動時是這麼的活躍；也看到了父親因為沒接到球時的情緒化反應，舉手投足間，讓我第一次感覺到平時高高在上的父親原來和我並沒有什麼不同，他並不是難以親近的，就這樣，幾乎整個夏天的假日下午我都在父親的公司中渡過。

隨著時間的流逝，我的球技有了長足的進步，於是，有一天我向父親提出了比賽的要求，結果果然輸得很慘，比賽中我又見識到了父親認真的一面，以及他對於勝利的執著，忽然想起在某本書中見到的一句話：「身為一個父親，沒有什麼事是比兒子的成就超越自己更值得高興的，但是如果我的兒子想要超越我，我會成為他面前的一道難關，讓他學習挑戰。」

雖然直到那年的夏天結束，我仍然無法贏過父親，而父親的確成了一道我必須更努力挑戰的難關，為了這項挑戰，我熱血沸騰，躍躍欲試。

全篇以夏背景，以「球局」為主題，主要任務在於表現父子之情，不論寫景文字，抑或敘述文字，皆有季節巧妙的辣勁。而主要任務的「父子關係」更是細膩傳神。

課外閱讀建議

書名：危險心靈　作者：侯文詠　出版社：皇冠出版社

實戰篇

一：一個關於□□的記憶

題目

人們通常會透過某個特別的事物來保存某種「記憶」，例如琦君以「一對金手鐲」來保存對於昔日摯友的記憶；畢業生會以記住班號、保留制服來維持對母校的記憶；家庭的成員會以珍惜傳家寶、族譜來維持對家族的記憶；旅居海外的遊子會以聽家鄉歌、吃家鄉菜來維持對故鄉的記憶；我們平常也會藉著珍藏徽章、車票等物品，或者憑著對一條河流、一次旅行的印象，來維持我們對人生某階段的記憶。

你透過什麼事物，來保存人生中那個部分的記憶？請以【一個關於□□的記憶】為題，寫一篇文章，文長不限。

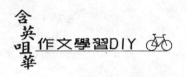

作法說明

　　同學們應該依著引導文字要求，寫出一個「事件」。同時，該事件必須具有「保存某一時段情感或反省」的重要性。如果只是隨隨便便抓一個沒什麼重要的記憶書寫，難免有所不足。同時，凡「記憶」必有懷舊的、不捨的……種種情緒參雜其中，如果同學們能夠透過優美文句表露，必更佳。

範例一

一個關於青澀的記憶　簡瑋廷

　　手上拿著一隻剛偷來的黃色高跟鞋，只因為總看不順眼小福（小福利社簡稱）那個濃妝老太婆斤斤計較的市儈模樣；一大群人圍著那隻鞋鼓譟著該由誰去大冒險（在敵軍不知的情況下將這隻高跟鞋，物歸原主）。經過的人湊過來問一句：「發生啥事啦？」

　　那隻高跟鞋，在我的課本「不小心」掉到飲料冰櫃的同時，也掉了進去，冰櫃下端的積水，弄濕了我的課本，在我撈起課本時，老太婆眉頭微皺，怕我偷她一瓶養樂多，我搞著濕濕的課本在她面前晃，想到老太婆在冰箱裡發現那隻鞋時必然的咬牙切齒，樂不可支的我，差點忍不住笑了出來！

　　記得自己蹲在偌大的操場中央，拿著雨傘戳弄一隻剛用紙碗抓來的牛蛙，從花圃撿了一根沒葉子的樹枝，輕輕鞭打牠軟趴趴的肚子，還自以為幽默說自己是《浮生六記》裡的沈復。嫌福利社的中餐像餿水，老愛翻牆出去找飯吃，卻又總騎在某個鄰近大學生的頭上；要不然，被吃飽經過的老師，慈祥的對

我說：「下次別穿皮鞋跳，會受傷的。」我也只好說：「嗯！下次換一雙有氣墊的。」

翻開那本先被冰櫃弄濕後，接著又被同學的水球砸到，皺吸八拉的課本，我在心裡問著未來的我，我的青春，看起來和我一樣的有趣而刺激？抑或是幼稚而無聊？他沒有回答我，只說有一天我會知道。天知道離我會知道的那天還有多久？不過，沒關係，至少我知道，我的青春，是一大缸濡濕、青澀但獨一無二的回憶。

簡評

一大串荒唐的少年事，寫出「青澀」的少年小畢。行文流暢，收結合宜。

範例二

一個關於泡麵的記憶　蔡東杰

吃過無數次的泡麵，卻只記得那一次的滋味。

跨年的夜晚，人們在倒數完本世紀最後一天後，像螞蟻般成群結隊地回到自己的洞穴，我和不想回家的好友，在浪潮似的人群中漫無目的地漂蕩，最後，失去人群掩護的我們，在死寂的台北馬路上穿梭，三個人孤獨地擁有這座巨大的牢籠。沒有撞球場或ＫＴＶ願意收留未滿十八歲的我們。

去便利商店買泡麵，坐在白日人聲鼎沸的忠孝東路上，和寒冷的北風及一樣落單的月亮一起吃著暖暖的泡麵，在幾近凝結的時間裡等待日出，等待日出融化這時間、這死寂的台北；只是，這兩個台北，那一個才是真正的台北？

那碗泡麵,是我吃過最冷也是最熱的泡麵。

簡評

不願回家往往有不能回家的無奈,本文未加明說卻婉約呈現,這或許是「最冷」的原因。

二:老人日記——情境作文

題目

九十一年學科能力測驗試題

台灣已進入高齡化社會,但一般人對老人世界仍缺乏了解,也欠缺了解的興趣。相對於兒童、青少年,老人似乎愈來愈處於社會的邊緣。下面是一位老人的日誌,平實記錄的背後, 頗有心情寄託,例如:30日的日誌中「三十年老屋,不知如何修起?」既說屋況,也正是說自己,讀者細細推敲,自能體會其中調侃與蒼涼的況味。請以「1月4日星期五的日誌」為對象,並以老人原本所記二事為基礎,鋪寫成首尾完整的文章,文長不限。

注意:

1.不必訂題目。

2. 先仔細閱讀每一則日誌,體會老人的心情、了解老人的身體與家庭狀況,以便發揮;但不得直接重組、套用各則日誌原文。

3. 以老人為第一人稱,用他自己的口吻與觀點加以撰寫,務必表現出老人的心境與感懷。

30 Sun.	隔壁修房,今日動工,云:舊曆年前可畢。 客廳牆壁滲水,三十年老屋,不知如何修起? 至書店給孫子、女買禮物。
31 Mon.	上午回心臟內科吳醫師門診領藥掛49號。 下午看眼科白內障,掛20號 (明天記得帶禮物)
1 Tue.元旦	中午12:00祥園小館家聚。(記得帶禮物) 家聚取消,孫子補習,孫女準備考試。兒獨來,坐十五分鐘,留錢一包、撒尿一泡,走人。
2 Wed.	午,與妻兩人至麵館小酌慶生。吾言:若得老妻、老友、老狗相伴、身懷「老本」,家旁有老館,老不足懼!妻云:無聊!
3 Thu.	昨晚得知,老友逝,心肌梗塞……料吾大去之期亦不遠矣!
4 Fri.小寒	至公園小坐,冬寒乍暖。見幼稚園老師帶小朋友遊戲。 幾個外傭推老人出來排排坐,聊天,一景也。
5 Sat.	冷鋒至,與妻合力搬出電暖爐。兒來電,問好不好?答以好。問血壓正常否?答以正常。問三餐服藥否?答以服!服!服!

作法說明

　　因為每一個人手邊的資料都相同,要使文章顯得價值凸出,必須透過實際的聯想與細膩的筆觸。聯想可以由別人的童年想到自己的童年,如:「有個孩子跌跤,放聲大哭,那哭聲使我回憶兒子剛出生的哭聲,女兒第一次跌倒的哭聲,孫子第一次被我處罰的哭聲……。趁著老師不注意,調皮搗蛋的小鬼

玩起泥球大戰，模糊的童年依稀重現，啊！我也曾經這麼調皮吧！」（蔡勛正）聯想也可以由一個情境連貫到日常所學，如「蘇東坡的一句詩：『造物亦知人易老，故使江水向西流』，想及己身，不禁暗自神傷，老淚縱橫。」（蔡維德）

至於細膩的筆觸則需要多用修辭，如：「誰能擋住時間的流轉？人老了，身子也跟著朽了！」（劉智偉）或「衰老對稚童而言是遙遠的國度，對我而言卻是日日面對的考驗。」（王膺晴）

開朗與樂觀是任何年齡層都必須具備的特質，所以寫淒苦的內容便不敵寫樂觀內容來得感人，如：「雖然與老友只能夢中談天，還好老妻仍在，天天相互關照，忘記房子的坑坑洞洞；清晨有老妻陪伴運動，小酌有老妻陪伴一醉，即年老力衰，餘生仍不覺孤寂。」（呂劭倫）

由題目觀之，這是一個很「嚴肅」的議題，如果寫成玩笑，實在也危險。如「老友已去，老本只在妻側，若擅自動用，鞭數十，驅之老人院，真是福從不至，禍不單行！」恐怕就真的禍不單行了！

範　例

近來天冷，膝關節疼痛的老毛病又犯了，且常乾咳個不停，一把老骨頭時不時喀喀作響，像是在嘲笑我老了，不中用了。

也罷，今日難得可以見到冬陽露臉，便想著到家附近的公園曬曬這幾天身上積累的濕氣。出門前，老妻叮嚀我搭上一件鵝絨背心，幾十年了，溫熱依舊。走在往公園的巷弄間，不自

覺的吹起口哨來，腳步竟越發輕盈，好像又回到十幾歲，穿著像酸菜乾般皺巴巴的卡其色制服，理著小平頭，兩腳拖著夾腳拖鞋，無所顧忌，只管向前去的年少輕狂。

今天從家中到公園的路程似乎縮短不少，不一會工夫，就能隔著樹叢看見「老人亭」那白色的拱門，白得像從藍天摘下來的雲朵，亮得我兩隻老花眼有些受不了。

離亭不遠處的沙坑裡，有幾個圍著圍兜兜的小朋友在堆沙子玩，圍兜兜上有「春葉幼稚園」的字樣。旁邊二十歲上下的女子大概就是老師吧，她正蹲在秋千旁溫柔安撫剛才因跌跤受傷而哭鬧的孩子。

公園另一端的花圃，幾個坐在輪椅上的老人，靈魂出竅一般兩眼無神，有的抬頭望天，有的低頭看地，不發一語；倒是外傭興致不錯，像麻雀般吱吱喳喳地說個沒完，愈聊愈起勁，嬉笑聲之大，如雷震耳。

向門口賣香腸的老李打了招呼之後，便再直直向下一個可能行腳而去。（黃埡銘）

簡評

依題而寫，不顯老態的健康思惟，在同題作品一徑「淒涼無奈」的老者心境之中，獨樹一格。時而憶往，時而寫景，細膩的文筆，使文章取材便是有韻有味。尤其「老妻叮嚀我搭上一件鵝絨背心，幾十年了，溫熱依舊」既寫背心，也寫妻子對待自己的情分，一語雙關。

三：一張舊照片

　　請以下列文字為開端，完成一則與一張舊照片有關的故事。你必須列身照片之中，至於背景時間地點以及其他人物，皆可自定。字數需三百字以上。

　　一張舊照片

　　這幾天正是搬家的時候，書櫃上頭還有一疊舊雜誌，雜誌底下壓著一只鐵盒子。索性取下打開，才發現原來都是我年輕時所收集的一些小東西，泛黃的聖誕卡中夾了一張舊照片，仔細看了一會，心情竟莫名地激動起來了。……

　　整體而言，這個題目如果將照片描摹得愈清楚，情感與心緒便能愈清晰。可惜太多同學只寫事，未寫照片，因而主題掌握不夠明確。題目引子中有「激動」一詞，後文的取材，千萬要夠激動。引子中有「年輕時」一詞，如果假想的時間可以間隔久一點，應該會好一點。否則，以高中生寫國中或國小是「年輕時」，太過突兀。如果能夠寫著：

　　「照片搭載著我沉封已久的記憶，穿越時空，回到過去。那是一個冬天的夜晚，寒冷的夜晚也是聖誕的夜晚。當時的我是個流浪的旅人，身上僅裹著一件單薄的上衣，口袋裡只剩三

枚硬幣。寒風陣陣襲來，一次次衝擊著我枯瘦的身軀，我蜷曲
著，希望能獲得一些溫暖，但身體不斷顫抖，牙齒也不聽使
喚，咯咯作響。那年的冬夜，真的非常漫長。」（洪崇晏）便
假想得很有意思。

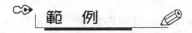

範　例

一張舊照片　徐執中

這幾天正是搬家的時候，書櫃上頭還有一疊舊雜誌，雜誌
底下壓著一只鐵盒子。索性取下打開，才發現原來都是我年輕
時所收集的一些小東西，泛黃的聖誕卡中夾了一張舊照片，仔
細看了一會，心情竟莫名地激動起來了。……

在從窗外投射進來的昏黃陽光下，泛黃的舊照片看起來更
加老舊了，如同這個時候的我，和這幢目前我一直生活的家。
照片裡的兩個人站在庭院裡的大榕樹下，一雙爬滿皺紋的手溫
柔地挽起另一雙細短光滑的手，看似年約六、七歲的小男孩很
親暱地偎依在老人身旁，而小男孩的另一隻手還拿著剛剛老人
買給他的棒棒糖。照片拍攝的時間約在夏季下午時分，小男孩
臉上的笑意比正午的朝陽更加燦爛耀眼，老人的雙眼因微笑而
瞇成了線條，嘴角的皺紋因微笑擠皺地如碎抹布般，卻因而加
深了嘴角的笑意。

這張持續透出溫暖力量的照片，是我和已病逝多日的爺爺
在庭院一隅合攝的。

從回憶中甦醒，步出因搬家而凌亂的家，走到庭院，視線
恰好對上那棟盎然綠意的大榕樹。一樣的昏黃陽光，相仿的溫
暖南風，耳旁細語不止的微風，傳著兒時的玩樂聲，那雙爬滿

皺紋的大手散出的溫暖，忽然鮮明地從掌心裡攀了上來，在這庭院內發生的事物隨著時光變遷，但必然留點從未改變的什麼。

簡評

　　將照片內容細膩描摹，因而當時的情境與快樂，亦細膩呈現。以思念這種無法痊癒的病症為素材，不論是祖孫情、父子情、男女情……皆能令人動容。

四：廣告型

題目

　　進入媒體時代的當爾，人們的生活明顯受到視聽媒體影響，人們喜愛的歌曲未必相同，但廣告歌往往人皆可和；人們喜歡的書籍不一而足，但改編成電影的那幾部路人皆知。當我們受到某物影響之時，也應該嘗試知識該物的魔力來源。

　　試用文字將一段讓你印象深刻的廣告細膩鋪寫而出。亦可細寫其中定格的一幕。請把握書寫人物、書寫動作的重點；請試著以其動作與眼神揣摩腦中想法或內心情緒。

　　同學們亦可以為某事某物設想一則廣告，比如為自己的社團團慶設計一個一分鐘的宣傳廣告，要注意分鏡與背景。請注意，書寫之時，你將化身廣告設計者，甚至導演的身分。

【注意】

1. 請將所寫的廣告主題以題目方式標寫。

2. 若為分鏡方式書寫，可以用幕一幕二的順序呈現，亦可以如寫故事般，依段落先後呈現。

☞ **作法說明** 🖉

記事文章因為有人、時、地、物的組合，不但需要注意人物的表情描述，也同樣需要注意場景的闡述。然而，既然是「記事」，便必須注意重頭戲必須詳盡豐富，比如：「父親帶孩子坐火車，孩子每看一樣東西跟爸爸提出，爸爸都回答同一句話：『喜歡嗎？爸爸買給你』」只是作到敘事流暢，如果要詳盡，所作的事、所呈現的表情、所見到的事物，應該擇要填入，如：「略顯瘦削的父親帶稚齡孩子坐火車。那孩子專注地對著窗外景致細數，每看到令他喜愛的東西，孩子必定指予陷入幻夢中的爸爸看，只見那名爸爸既夢幻又真心地重複回答同一句話：『喜歡嗎？爸爸買給你。』那名爸爸在想什麼？在他的幻夢中，有一張六碼全中的樂透彩！」有場景才會有氛圍；有表情才會有具體情思。否則，記敘文完全必須以「奇特情節」引人，世上奇特事少有，取材不易！

☞ **範例一** 🖉

　　伊拉克和平宣導片　　蘇薪瀚

街道上的建築物殘破不堪，牆上明顯的彈孔，這是一座受過戰爭摧殘的城鎮。

一陣風刮起，揚起了一陣沙塵，從沙塵中，出現一個人影，影像由模糊而清晰，那是一位美國大兵，土黃色的軍服、黑色的靴子，手中拿著一把M4A1步槍。那士兵警覺地四處環顧，彷彿找尋什麼似的，突然，街角走出一位男孩－黃黑的膚色、深邃的眼窩加上高挺的鼻子，明顯是當地人。他們發現了彼此，說時遲，那時快，男孩先採取行動，從地上撿起一塊瓦礫，用盡力氣往大兵丟去。大兵也立即舉起步槍，卻在此時，發現保險還沒開，大兵的腎上腺素分泌增多，他手心冒汗地快速撥動槍側的開關，把視線對準硯孔，描準目標，扣下板機，火藥爆炸產生的後座力，讓槍托狠狠撞擊大兵肩胛骨，灼熱的彈殼從槍隻側面彈出，發出一聲巨響，彈頭穿過槍管，在槍口噴出火焰，準確朝目標飛去，咻一啪！正中目標，大兵舉起槍管高聲歡呼時，槍口還冒著煙。

目標永遠消失了，那瓦礫化為塵土，四散飄落，男孩跑向前和大兵擊掌慶祝！

簡評

場景掌握得宜，可怖的合理情節，讓恐慌與懸疑並存！可能的悲劇成了可喜的結局，吊詭地令人鬆了口氣，設計得極佳！

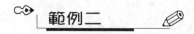 範例二

e bay　林子敬

唐先生粗糙的手中，香檳準備著。一旁唐太太喜悅的神情，使得唐先生心中不免也舒坦起來，看著擺在桌上新買的花

瓶，腦海中便想起了那段日子……

唐先生看著空中即將摔破的花瓶，眼中呈現呆滯，反應不及之下，任憑花瓶四方綻開，神經頓然緊繃，希望太太別發現，但為時已晚……。撐過抹布，努力擦著快刺傷眼睛的地板；用溫水，認真洗著太太快洗破皮的腳；做牛做馬似的做遍了討好太太的工作，但唐太太仍舊端坐沙發上，雙手交叉，連一點冰冷的眼神也不屑分給唐先生。唐先生在痛苦的日子，思索回復往昔甜蜜生活的方法。

藉著朋友介紹，他上了e-bay網站，冒著汗，瞪著畫面，心中忐忑不安，按著鍵盤：花─瓶─

現在唐先生大姆指輕輕推著慶祝香檳的軟木塞，但他千萬沒想到待會兒這個小軟木塞將會把他再度打回那段痛苦的生活中……

簡評

懂得掌握題目重心；動作、表情皆見細膩。敘述略見修改，更具獨特的懸疑感。

範例三

電聯車驚魂　呂立達

早晨五點半，藍白相間的電聯車行駛過大遍大遍的芒草、蒹葭，白芒草順著風左右搖晃。

坐在從桃園往台北行駛的電聯車上，主人翁胖胖的身軀也隨著電車左右搖晃的擁擠車廂，他蜷縮在一個角落座位之上，身體左右晃著，頭則微微下傾的點著點著。忽然，一個微重物

品墜落而下，打醒了他。站在他前方的中學生一邊迭聲說著：
「對不起，對不起！」一邊從他難以明說的部位上拾起天上落
下的蛋餅。又把蛋餅放到座位上方的置物架。

那主人翁迷迷糊糊的目光隨著中學生的手往上移，蛋餅旁
邊那個危危顫顫的，是一杯左右晃動的豆漿！

簡評

擁擠車廂中的困難經驗，人我皆有。這篇文章把握其一，
筆端顯出奇特的幽默。

五：青春記事

✎ 題 目

九十年第一次台北指考聯模作文題

「青炒茼蒿菜，新出爐的麵包，橄欖油爆蒜頭，迷迭香、
咖啡、巧克力，爆香的紅蔥頭，剛採的草莓和玉米，冬天曬進
窗來的陽光，大雪後的純白，春天第一個暖日，新沏的茶，兒
子銀亮的笑聲，躺在床上看書，和所愛的人在一起。羅列生命
裡的可愛，所有顏色、氣味、聲音、形象，不同濃度強度的組
合，在不同季節不同時刻不同年紀不同心情不同場合。」（節
錄自張讓〈回聲〉）

※上文僅供參考，不必模仿其形式

不同年齡有不同的生活風貌，你的生活風貌呢？請透過生

活中的種種「顏色」、「氣味」、「聲音」、「形象」，具體敘寫你的生活風姿。題目請自訂，文長約四百字左右，並請注意文章分段及結構。

作法說明

　　題目要求必須「你的生活風姿」；將之寫成論說的型式，就太偏離文章要求了。同時，以如此感性的引導文字表現，寫成論說文不但沒了情味，審題也將偏失。

　　引導文字既是精緻的敘事文，所作的文章也需鍛字鍊句。文章要求分段，便應有三段以上。寫出生活風貌，可以取樣的部分極多，如果只寫代表性的一天，固然可以，但是如果取材寫法和大家雷同，就太不具「我」的味道了。

範例一

青春記事　魯家恩

　　破曉的陽光透過窗戶灑進房間，窗簾是什麼顏色，透明的光便染了點那種顏色；進了廁所，牙膏的味道是清新的，早晨的冰水從水龍頭汩汩流出，廚房裡，傳出濃濃的麵包香──青春的早晨，是一派和諧，是一襲鳥囀，是一個大大的懶腰，伸展出溫暖，活力，卻又清涼有勁。

　　書本的重量在直角坐標系中和學問的喜悅畫出一條斜斜的正比曲線，學校這個大機器，居然也能誘青春銀亮的笑聲，居然也能用書卷味，汗水味取代重重的機油味，每個學生制服的起跑線，每段成長的延長線，都在這樣的環境中立足茁壯，我真心喜愛這樣的生活方式。

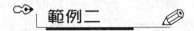
　　五彩的霓虹燈，光亮的車前燈，伴著街景，月光帶出了另一種生活型態——一種一樣令人醉心的生活型態，而在這樣的景色中，仍然感受得到青春的熾熱，看得見灼紅的血液，嗅得到土地的芳芬，這就是我多變卻也不變的生活風貌吧！

簡評

　　青年應有的熱情、活力；我們期望青年的知足、進取，皆在文字中展現而出。造語有特色。在應考文章中，愈具光明色調的，愈有得分功效，本篇於此，必具勝算。

範例二

　　　　劇本　　沈軒豪

　　「六點多了哦！」媽媽的呼喊將床鋪變成彈簧床。「早餐在桌上。」又是火腿荷包蛋土司，黃黃的蛋汁將袋子弄得血肉模糊。「早點回來，晚上會變冷……」巷子口一陣風呼嘯而過。「別擠嘛！」「昨天晚上你有看……」「喂喂！上車刷卡」……誰放屁？大家若無其事的臉部缺氧。

　　「同學，你給我過來！」「教官，鞋子拿去洗了啊！」「外套呢？」「拿去洗。」「書包呢？」「不見了，還沒買新的……」複檢單皺皺的躲在書包。「橢圓的半徑……」「睡覺的站到後面去！」老師的臉是忘記沖水的馬桶。下課了，走廊的圍牆是罪惡的藩籬，跨越了就萬劫不復。於是，看球的比打球的還熱烈，場內場外，大家一起臉紅脖子粗。

　　鐵籠的門終於開了，三千多隻飢餓一天的野獸攻占了附近的馬路。走到赫哲要十分鐘，年紀大要懂得禮讓，漂亮女生留

給學弟們看。不懂得爲什麼？學校老師是公益團體，補習班老師是當紅明星，相同的是我闔眼點頭唸經轉筆的頻率。

「早點睡！」我不能。昏黃的燈光獨自反抗黑夜，不省人事的時候，腦中還流動著白努利方程式。

簡評

取材皆為當今學生的生活樣貌，然而特殊的造語與對話式安排，為全文增色。文中每個引號都是他人的話，自己的看法只有補足的放入，消極卻也明顯地表現對這種生活的不滿。譬喻手法將各個形象披露得宜：「老師的臉是忘記沖水的馬桶」、「三千多隻飢餓一天的野獸攻占了附近的馬路」相當傳神。婉曲的表現，相當有趣：「相同的是我闔眼點頭唸經轉筆的頻率」說出不專心；「不省人事的時候，腦中還流動著白努利方程式」指自己一路用功至睡著。

六：等待

題目

八十七年大學聯考作文題

鄭愁予〈錯誤〉一詩有云：「那等在季節裡的容顏如蓮花的開落」。等待的心情也許平靜，也許焦躁；等待的滋味也許甜蜜，也許苦澀；等待的過程也許短暫，也許漫長；等待的結果也許美好，也許幻滅。凡人都有等待的經驗，請以「等待」

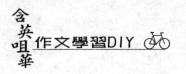

為題，寫一篇文章，內容至少應包含：等待的對象（人、事或其他）、等待的過程、等待的心情、等待的結果……

✎ 作法說明 ✏

取材很難，以聯考入題，過於敷衍不討好；以愛情入文，難免有狗尾續貂意味；寫古人？姜太公？孔明？這又是東施行徑；寫候公車，小題大作，寫環保，又過度憂國憂民。取材之難，得見一斑。

✎ 範 例 ✏

那年夏天的某一天，那個男孩如往常般站在學校附近的轉角，等待爸爸接他，不過他爸爸遲到了，他多等了半小時，在回家途中，小男孩一直發牢騷，爸爸也一直說著「對不起。」

隔天，他爸爸又遲到了，遲到的爸爸為了平熄兒子必然的不悅，先買了一瓶飲料致歉，但小男孩並沒就此罷休，頂多延遲了開始發牢騷的時間。而後數天，他爸爸幾乎都遲到，這個現象居然連續將近一個月。

那天，六月十七日，是段考的前幾天，他爸爸已經遲到十分鐘了，本想早點回家念書兒子站在路口，嘴中唸唸有詞，臉上透露極度不高興的模樣，像快爆發的火山一樣，附近地表也因而震動不已。十分鐘、二十分鐘、三十分鐘過去，小男孩依然等不到他爸爸，他臉上的表情開始變調，他想著：「爸爸會不會發生什麼事情？」他的雙腳開始顫抖，淚水也快衝出眼眶。

七點了，爸爸遲到整整一個小時，小男孩忍著淚水，不想

被路過行人發現他在哭泣。這時手機鈴聲響起，另一端是媽媽的聲音，來不及聽媽媽說什麼，他搶著問：「爸爸呢？他在哪裡？傷勢嚴不嚴重？」

隔了好一會，他的媽媽才說：「早上不是告訴你，爸爸今天值班，你要自己回家。」（呂信德）

簡評

一個受寵的男孩的受難記，收束的懸宕，令人發噱。

七：故事接寫

題目

九十三年大考中心語文表達能力測驗預試題

請以文字接龍的方式，從下列畫有底線的文字之後，接續寫成一篇完整的文章，文長不限。

蚱蜢在路上遇到一灘水，他正想要跳過那灘水。

「等一等！」一個小小的聲音。

蚱蜢低頭看，在水的邊緣有一隻蚊子。他端坐在一艘小船裡。

「依規定，」蚊子說：「你必須坐這艘渡船過這個湖。」

（阿諾‧羅北兒〈蚱蜢旅遊記〉）

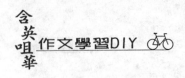

作法說明

續寫文章又稱為創作接龍，形式上已提供文章開頭或中幅片段文字，寫作時要分析提供材料的要求，思考出最恰當中肯的續寫方向，掌握「情節的一致性」、「切合情理的逼真感」，務期使得整篇文章主題相串、層次相合、語氣相應、氣氛相烘，頭尾呼應，流利完整，一氣呵成。

範例

「憑什麼？」蚱蜢不屑地瞥了蚊子一眼。「這麼大小的池子，我只要輕輕一跳，就能躍過去了！」「因為……」「哈哈哈」蚊子仍然希望制止蚱蜢躍過，但蚱蜢以猖狂的笑聲壓制了蚊子。「我出來江湖闖蕩那麼久，什麼事情沒遇過？憑你這樣一隻蚊子也想教我怎麼走？」語一完畢，牠往前一蹬，池上方守侯已久的蜘蛛，立即躍前解決了牠，然後又慢條斯理地回到樹幹上方，等待下一個獵物。(莊于進)

簡評

自大的悲哀下場！寓言因安排完足而興味盎然。如果安排「蜘蛛可以已織了網在上方，蚱蜢一躍，正中網心」，比較雷同蜘蛛獵食的方式，應更合宜。

八：求職信設計

九十三年學科能力測驗非選擇題二

近一、二年來，「中高齡失業」成為臺灣社會「沉重」的現象。所謂中高齡，泛指45歲到65歲。根據主計處2003年10月統計，50至54歲平均待業期達35.23週（8.2個月），55至59歲達38.68週（9個月），年齡愈大愈不容易找到工作，他們的處境也就愈見艱難。

假設，你的鄰居陳先生也在這波中高齡失業潮裡。

陳先生今年50歲，他的太太來自越南，兩名子女分別就讀小學、幼稚園，一家四口僅靠他的薪水度日。一年前，陳先生任職的工廠遷往大陸，他因此失業了。雖然曾到「就業服務中心」登記，也應徵過幾個工作，然皆未獲回音。陳先生從事過紡織、餐飲、保全，最近更在社區大學上過電腦課，他迫切需要一分工作，但因文筆不佳，寄出的求職信往往石沉大海，因此拜託你幫他寫一封求職信。他特別強調，對工作性質、地點都不挑剔，希望待遇是4萬元。

在寫這封求職信之前，你必須仔細衡量上述陳先生的狀況，從中選擇若干，做為訴求重點，以便打動僱主的心。那麼你會選擇那些重點呢？請逐項列出，並說明所以選擇其作為訴求重點的理由。

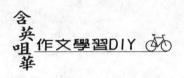

【注意】

　本題用意，並不在要求寫成完整的求職信，作答時，請逐項列出重點並說明理由即可。

作法說明

　作文訓練，首要入門功夫便是「看清楚」題目與引文、「想明白」指令與規定。考試時，不僅要「細讀」題目的每一個字，還必須「畫」下題目重點、答題要求、字數與敘述條件，以免寫作時出錯。寫作時更要看清指示，字字計較。

　這一個題亂著重評鑑學生的邏輯能力。同樣的背景之下，誰的邏輯觀念強、表達能力簡捷，便有高分的機會。同時，題目雖為「不要求寫成完整求職信」，意指「寫成完整求職信也無不可」，但因強調要「說明選擇作為訴求重點的理由」，故若「寫成完整的求職信」將無法將理由說明詳盡，反而不利。

　說服對方的基本技巧，在於「站在對方的立場替對方的利益設想」，書寫上，態度要不卑不亢，內容兼顧誘之以利、說之以理、動之以情。第五、六冊範文中〈陳情表〉、〈觸龍說趙太后〉、〈燭之武退秦師〉、〈與陳伯之書〉、〈諫逐客書〉，皆可尋得學習線索。

範　例

　1.強調工作態度認真——表明失業全因前產業外移，非因陳先生之故。藉此予人專業與經驗的信賴感。

　2.多談工作經歷——曾任頗需勞力與技術的紡織業、講究

細心服務、衛生巧思的餐飲業和健碩體格的保全業。多樣化的工作經驗必然代表個人具備相仿的優良特質，必然可在僱主心中留下特殊且良好的印象。

3.力求上進，不斷進修——即使原職未必需要電腦才能，陳先生仍然利用閒暇時間自行進修，可見得個人對新知的主動、積極態度，可藉此減卻雇主對陳先生年高可能顢頇的憂慮。

4.略談家庭狀況——因企業非慈善事業，不可能因某人家境而破格錄取。然而卻可能因為陳先生肯為家庭打拚，可推知其為人或具有可靠、穩定、勤奮的特質。

5.說明不挑工作地點與性質——可增加僱主雇用意願。
（張維哲）

簡評

依題目提供資料，作出重點歸納，理由不但確實，更見參酌人性。與題目提供的順序略作更動，考量更見細膩。

說理

教戰篇

　　什麼是說理文？針對一件事情，說出自己主張，不但要能批駁他人不同的意見，也能讓大多數人信服的文章，就叫說理文。因為是「自己的主張」，所以不能人云亦云；因為要能「批駁他人不同的意見」，所以必須面面俱到；因也為要讓「大多數人信服」，所以不但解釋的話必須鞭辟入裡，更要用很多實例證明自己的言論立於不敗之地，尤其不能只用理論文字，讓聽者因為說教意味太濃而退避三舍。

　　這類題目極需仰賴平日的自我訓練，其實，即使沒有「作文題目」，不需要「交出功課」，身而為人，仍然應該事事都有定見，所以同學們可以必須讓自己時時自我揣摩：如果這件事要我說出個理由時，我該怎麼說？如果那個現象，要我提出看法時，我該怎麼答？

　　自每件事情中找到真理，並且聯想到其實相關的或相反的事物之上，為自己的真理找一句「一言以蔽之」的定義，這些基本訓練，同學們時時刻刻都可以實行。

　　我們不一定要做一個「大聲的人」，但必須做到「必要時刻一定能夠發出合理之聲」的人。

　　寫說理文需要三步驟，首先要審題，其次則要收集資料，最後則做結構安排。

一‧審題

　　審題指的是審辨題目的意思、重心、範圍及所用文體。這是寫作文章的第一步工作，如果犯了誤解題義、背離重心、越出範圍、不合文體或是立場不明的毛病，全篇文章「文不切題」。第一步錯，步步皆成了枉然！

　　以「生活中的小小感動」為題例，題文以「小小的」為限，便不要求必得第一名或上台領獎；再以「生活中的」為限，取材便不應是第一次或最後一次；所謂「感動」，是一種溫馨與喜悅，不必非得是自豪的或是榮耀的。如果誤寫成「最難忘的回憶」、「絕無僅有的事件」也是題義未能明辨。

二‧收集資料

　　任何文章其實都一樣，只要取材充實，自然能夠讓文章具體有力量。（以下內容皆以〈有情人生〉為題）

㈠理論捕捉（注意深度及廣度）

　　　　情之為物，叫人念茲在茲。（黃文彥）
　　　　你面對一些事物，使你想到某些人的遭遇，而以真情和行動去關懷那些人，你就是位有情人。（高禎陽）

㈡可以由三個w找尋題材（why　how　what）
what解釋題文中重要的詞語：

　　有情的人，會關懷每個人，獻身社會，毫不自私，只要世界充滿有情人，便是至聖先師所談及的「大同世界」吧！（鄭仲庭）

how說明如何落實做法：

　　日常生活中無心的無情或有心的絕情，並不代表我們不能成為有情之人；首先，我們必須面對自己排拒受傷的陰影；因為掩耳盜鈴的心態不能正視問題根源；其次，我們必須接受自己不能完全有情的缺憾，只要真心釋放感情，對人與對物的關懷將逐日萌芽茁長。（余政倫）

why說明為何要鼓吹，即說明有何優點：

　　有了情，平淡無奇的日出能在眼中展出不凡的風彩；有了情，原本亂長路旁的野草也有不染淤泥的風姿；有了情，畏縮怯懦的人情也能相互付出。（陳定遠）
　　失去情感，人們將只剩下動物野性：只要我喜歡，有什麼不可以！只有野性的人類，終日為了生存相互拼鬥，殘殺，不但失去萬物之靈的尊貴，更會將人類引領向滅亡一途。（簡正傑）

㈢可以自讀過書刊雜誌中蒐集

　　天地萬物，百態眾生裡，人類的感情最為豐富。
「問世間情為何物，直叫人生死相許。」遠在八百年前
元好問便對情字有如此感慨和體悟——這是愛情的神
祕；「友直、友諒、友多聞。」孔子認為得到一至交對
我們有莫大的幫助——這是友情的功用；「父子有親，
夫婦有別，長幼有序。」古之五倫中，便有三項提及親
情，這是家庭的重要。（洪紹紘）

　　李商隱「此情可待成追憶；只是當時已惘然」；蘇
東坡〈念奴嬌〉「故國神遊，多情應笑我，早生華髮」
（郭育廷）

　　〈送孟浩然之廣陵〉述説友情；〈遊子吟〉述説親
情；〈關雎〉述説愛情；〈滿江紅〉，述説國家之情，
這是多情的中國。（劉韋旻）

㈣可以自生活經驗找尋，多觀察、多想像。
生活即文章，生活層面愈廣，生活體驗愈深。

　　桃芝颱風災後，一名獨居老人將一生積蓄捐出，他
自己則縮衣節食地生活在困厄之中，他那分無價的情，
是天地間真正的有情人。（葉冠廷）

㈤古今中外的例證

　　上帝造出了煉獄，讓有罪的人受苦之後，洗滌罪
障，通往天堂；一個人連同情心都沒有，整日便活在地

獄中，連上帝也幫不上忙。（劉翁銘）

西諺有言：「觀察一人的人格，就看他如何戀愛。」
（吳政修）

三·文章結構

文章的結構，以「鳳首豬肚豹尾」為佳，也就是首尾兩段
以簡捷為要，中段部分則以豐富詳實為宜。

至於規劃結構時，必須養成先立主旨，再定段旨，最後才
開始動筆，最忌率爾操觚，結果可能結構紊亂，表意更成問
題。

㈠開頭與結尾的寫法

「萬事起頭難」，而一旦首段成了型，後方的「承、轉」就
會順利得多。而在各種材料用盡之後，完美收束又成了另一個
難關。這首與尾的寫法，巧妙因人而異，但是對一位訓練「應
考作文能力」的學生而言，倒有一些方法可以套用。首尾寫法
千百種，但大致而言，以五種為自己的練習方針，便可以在抓
到題目時，不致於頭腦空空，反而浪費時間。但，千萬不必以
此方式限制自己的思路，如果你能一拿題目就有靈感，那麼，
就順著心走吧！

1.名言錦句法。你不知道該怎麼下筆時，不妨引用一句名
句讓聖人為你開口。

聖經經文：「愛是恆久忍耐 又有恩慈，愛是不忌
妒，愛是不發怒不張狂，不做害羞的事。」（林思言
〈愛〉）

> 問世間情是何物，直教生死相許。（黃映齊〈有情人生〉）

2.解釋題目法。針對作文題目加以闡釋。難的題目當然要解釋，容易的呢？則可用文字學方式，拆字說明。

> 恕字是一個如加上一顆心組成，就是要「將我心如你心」，也就是不違背本心，將心比心的體貼行為。（蕭文雄〈談恕〉）

> 生理上，人類需要食物來得到溫飽，需要衣服來禦寒；心理上，人類需要情來滋潤，需要愛來依靠。（洪啓棠〈愛〉）

> 在情的洗禮下，我們學會了去關懷其他人；在情的淬鍊下，我們變得更加的堅強。（洪啓棠〈有情人生〉）

3.設問法。可以用自己的主題作為中心，將容易為人誤解的觀念，用問題一一凸顯。

> 是什麼可以使我們在失意的黑暗中無所畏懼？可以使我們在孤寂的嚴寒中不再顫抖？是我們身旁一點一滴的情愛所揮發出的溫暖。（黃立德〈愛〉）

4.舉例法。這是一個很輕鬆，也很落實的起筆法。舉一個或多個的例子，將自己想要說的主題點出，不但清楚，而且不失有力。孟子在〈生於憂患死於安樂〉文中便先舉舜、傅說、

膠鬲、管夷吾、孫叔敖、百里奚為例，以說明「生於憂患」的主論點；再比如以〈千金難買早知道〉為題，成功高中學生歐任翔起筆寫道：

> 一杯牛奶從手上滑了，杯子破，牛奶也灑了，唉，早知道就握緊點；一支雨傘掛在門上忘了，下大雨，衣服也濕了，唉，早知道就記牢點。多少聲嘆息，多少個早知道，下一次滑走的，忘記的，會不會是一個機會、一趟人生？

5.寫景法。這是記敘文及抒情文常用的「興」筆。也就是用一個可以和自己要寫的事情、人物或情感相當的景寫起。

> 無限廣闊的藍天任由群鷗飛舞，一望無際的綠草甘心承載露珠，無遠弗屆的宇宙放任星星綻開光輝，這就是有情，我的所在便是有情人生。(吳品瀚〈有情人生〉)

(二)不同的結構法

以「應考文章」而言，有三種結構法簡單又恰當：

1.一千零一夜寫法：先記敘方式寫事例，最後再精簡的以說理結尾。

有情人生　陳宗緯

> 老師在下課給的叮嚀、同學們互助的友情、女友傳來打氣簡訊、回到家桌上準備好的熱騰騰晚餐……，總

是帶給我一陣莫名的感動和喜悅，感覺體內有一股暖烘烘氣流直達心頭，那是一種既舒暢又溫暖的感受。那就是「有情人生」！

在我的生活中，我總是輕易地感受到「有情」的氣氛：所以當我從各個地方得到愛時，我也會採取一些辦法，將這些情感擴展到四周：生日時寫張溫馨小卡片、下公車時謝謝司機的辛勞、主動地分擔家事……，我要讓每一個人時時刻刻都能有被愛的感受，和我一起分享「有情」的感動！

父母所給予的疼惜、家庭散發的關愛、異性摩擦出帶電的戀情……這一切的一切，都將我們生活粉刷出千變萬化的顏色，使這世界更加美妙。

情，時時刻刻散布在我們周遭：證嚴法師說過：「愛，是一輩子的功課。」我深深地贊同這句話。

全篇先細細點數自己接收的情，明白點出自己散發的愛，全文既具體又有意義。

苦難與成長　蔡凱宇

柴可夫斯基最著名的《羅蜜歐與茱麗葉》序曲，是在未婚妻黛莉希·阿朵離他而去，且嫁給另一個男人，他最痛苦時寫成的。歌德的不朽之作《少年維特的煩惱》，是在他的戀人夏綠蒂跟別人訂婚之後寫成的。

宋代才女李清照，要不是丈夫趙明誠早早死了、再嫁丈夫又傷了她的心，李清照恐怕大不了寫出「人比黃

花瘦」之類的閨秀之作，豈能有後來「蓬舟吹取三山去」
的波瀾壯闊？

　　人若不能學著咀嚼失戀的痛，並在悲苦中昇華，就
很難觸及情感中最深的層次。只有在甜蜜被破壞之後，
甘醇的佳釀才能被醞成。

眾多的事例，讓後段的道理不言可喻。

2.輻射式寫法：大我與小我、表象與內涵、古與今、中與
外、人與我……相互過渡。

有情人生　魯家恩

　　英國的布雷斯克曾說：「你的世界將因有情的眼光
而不同。」沒錯，對於相同的事物，如果反應在不同的
人，不同的時間，不同的地點上，就會有極大的差異，
而導致這差異的最大原因，便一個人是否能「有情」。

　　「有情」，一個令人感到不著邊際的字彙，它聽起來
是一種虛浮且崇高的美德，然而，任何一個有情的行為
都可能發生在我們身上，只要我們願意多花一點心思，
去觀察身邊的風吹草動，只要我們願意在同一件事情上
運用正反、反向、側向的多元思考，那麼我們就愈易散
發出有情的氣質，成為一個「有情人」。

　　「有情」其實就是一種能在平凡生活中找出不平
凡，並受其感召的能力──同樣走在鋪滿落葉的秋日大
道，就是有人能寫出「秋天的落葉如同舞倦了的蝴蝶」

這樣富於情的句子；同樣望著一片台北星空，我們或許只覺得特別晶亮，有人卻能夠擁有「今晚台北的夜空很希臘」，這般饒富情味的不同眼光——這可不僅只是文人雅士，騷人墨客的高調，對我們來說，只要能夠在擁擠的電車內看到禮讓座位的慈悲心，只要能夠早起上學在仁愛路上大吸一口新鮮的空氣，只要有人向我問早道好，那時「情」已降臨。對我而言，小孩子純真的笑容和老者慈愛的眼神，同樣地讓我窩心、溫馨。

法國的劇作家莫里哀要求每個觀賞他編寫戲劇的人，都要用有情的眼光來看，事實上，任何人只要能運用有情的精神和能力，必能在生活中活出新味，活出亮麗，享受一段酣暢飽足的有情人生！

全文由「抽象」道理，過渡至具象的生活層面。取材最見個性，能夠切合引導文字，分層而記，種種多情因而架構而出。

3.夾心餅乾式寫法：頭尾以不同的方式寫理，中間包裹各類的事例。

有情人生　簡瑋廷

造物主成就我們的存在，我們便應活出自己的人生。我們的人生交織著別人的人生，纏繞出複雜的花紋，也造就出我們自己的有情人生。

胡適先生有一位嚴屬的母親，但在胡先生得眼翳之時，他的母親不惜用舌頭為他舔病眼。這個舉動是母親

對子女的有情。黃香體貼父親，在冬天爲父親溫被，在夏天爲父親搧席。他的舉動是子女對父親的有情。

孔明爲了三顧之恩而出，知其不可而爲，爲了回報先帝知遇之恩，鞠躬盡瘁，死而後已。這個作爲是臣子對長官的有情。劉備爲疼惜趙子龍的義勇，氣惱稚子成爲包袱，不惜擲子下地。這是君長對臣下的有情。

季札爲了不負友人，於朋友死後仍掛劍墓前以贈，這是朋友之間的有情。納蘭性德「一往情深深幾許，深山夕照深秋雨」的執著，是情侶之間的有情。

人生在世，如果無情豈不無異於禽獸？種種的多情：父子親情、君臣之情、朋友之情、夫妻之情，造就這一個令人眷戀的有情世界。

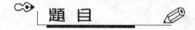

······ 實戰篇

一：對手

🖝 ┃ 題　目

九十三年北區高中第一學期學測模擬測驗作文題

　　日本北海道出產一種味道珍奇的鰻魚，活鰻魚的售價更是死鰻魚的兩倍以上，漁夫為了讓捕獲的鰻魚延長生命，就在整艙的鰻魚中放進幾隻鰻魚的死對頭——狗魚，勢單力薄的狗魚遇到成群的對手，便驚慌地在鰻魚堆裡亂竄，這一來反把死氣沉沉的鰻魚給擊活了。另外根據報導，在模擬叢林中豢養的美洲虎，即便叢林中有成群人工飼養的牛、羊、鹿、兔供其盡情享用，牠卻從不去獵食，整天只待在有空調的房裡，睡了吃，吃了睡，無精打采。但只要放上幾隻狼或豺狗，牠就又恢復雄風，嘯傲馳騁於叢林中。

　　以上兩則例子一新我們對「對手」的刻板印象，原來對手也有其存在的必要性。在平日生活經驗中想必你對「對手」也有一些自己的體驗和想法，現在請你以「對手」為題，寫一篇

文章，文長不限。要抄題，未抄題者扣5分。

作法說明

　　分量重的文章不可以當不分段的短文書寫，即使「文長不限」這種配分，至少要寫350字，同時絕對要寫三段以上的文章。取材方面必須避免只在成績輸贏上打轉，如果全篇只寫考高中的往事或考大學的恐懼，取材太狹隘。引導文字的例子，宜避免置入文章之中，那是自暴己短的行為，教授不會因為你很辛苦重抄了一次給分的。

範例一

對手　李天航

　　我們現正處在一個競爭的時代，凡事都必須盡可能不落人後，因此，我們週遭生活中，處處充滿了「對手」！

　　對手，有「周瑜與孔明」這一型。官場上爾虞我詐，人性黑暗面淋漓表現。表面上談笑風生，暗地裡鉤心鬥角，笑裡藏刀，危急時更落井下石，時時令人膽顫心驚。對手，也有「陸抗和羊祜」這一型。雙方分屬敵對之國，但戰場兵刃交鋒時，仍保持君子之爭，甚至對方因病不起時，也能不避嫌疑，贈送良藥。

　　「好的對手比好的朋友更能激勵自己」！兩人互相鬥智鬥力，激發出燦爛的火花，讓人生的道路上更增添幾分色彩。金庸筆下劍魔獨孤求敗劍術高絕，已臻化境。一生闖蕩江湖，英雄好漢盡敗於其鋒之下，發現自己已是天下無敵的他，求一對手也不可得，只好淒涼地以鵰為友，隱居山林。

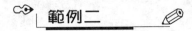

對手或許正如一桶桶鮮豔的顏料，紅的熱血，白的樸實，黑的狡詐，為我們的人生空白無奇的畫布畫上一道道繽紛的色彩。對手或許正如一罈罈貯著熱血的烈酒，有的刺喉，有的讓人陶醉。對手是什麼？端看我們如何看待他！

簡評

將對手簡加分類，各種類型的例證，活化了文章，也展現創作者的腹笥。以色彩寫生命有些老套，但舊瓶新酒，將不同顏色加以人格特質，倒也能新人耳目。

範例二

對手　蔡凱宇

古語云：「英雄惜英雄」，這是因應對手難尋而發的慨歎吧！一場嘯傲馳騁的競賽中，對手是砥礪自己邁向成功的方針。廣漠的人世中，少了「對手」將是一個怠惰的未來。

生命的價值，在於不斷的進步，以期在瞬息萬變的人世中，找尋自己的定位。沒有暗礁哪激得出美麗的浪花，沒有對手哪能成就自己一世的不朽？巍巍堅持的一刻，難保沒有鬆懈的一時，只有承受來自各處對手的壓力，才能成就自己。馬友友是聞名國際的大提琴家，在一次訪談中提到習琴時旗鼓相當的勁敵，兩人的相爭成為他最大的壓力，但若沒有這位可敬的敵手，馬友友相信自己也不可能成就今日樂壇的名聲。峽谷的聳立，需要河川的深切開鑿；山的高大，源於地層駭人的擠壓。有壓力，才有壯麗；有對手，才有成功。

前些日子，我去參觀豆芽工廠，映入眼簾的是無數百斤以

上的大石板，好奇心引誘之下，我詢問員工，他說那是為了讓豆芽更加茁壯挺立。啊！這是多好的啟示：嬌生的植物永遠只能活在溫室之中，一旦受了風寒，立刻枯萎死亡，萬物之靈的人類，不也是如此？沒有競爭，就沒有繁榮；沒有對手，就沒有動力。

　　人生最大的悲傷，不是在於失敗，而是自己在競賽的過程中，少一個可以砥礪自己的對手。生命的持續源於不斷的汰舊換新，汰舊換新源自於不斷的競爭，而對手，便是競爭中引導我們開啓成功之門的鎖鑰。

| 簡評 |

　　豐富的物例，活潑地表達著文旨。流暢的排比，優雅地呈現出主張。二、三段末尾，一者「有對手，才有成功」，一者「沒有對手，就沒有動力」刻意的一正一反強調對手的重要性，結構可謂不凡。

二：對鏡

題目

九十一年指定科目測驗非選擇題

　　我們身邊，有各種不同的「鏡子」。有人在時間的流轉中，從「它」照看了容顏的改變；有人在人生的戲局中，從「它」觀看出真正的自我；但也有人不願或不能面對「它」。試

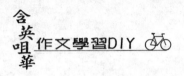

以「對鏡」為題，寫一篇文章，文長不限。

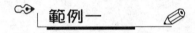

作法說明

本篇屬題材寬廣的題目，如果將「對鏡」解為面對自己作深刻自省，可以寫成議論性文字；若從古借鑑今寫起，可以是雜感式文章。如果自「高堂明鏡悲白髮」、「白雪公主中的魔鏡」寫起，可以嘆青春難存。最怕就是只單純書寫了「鏡子」，再如何豐富地歌頌鏡子，取材都不算是切題。也不宜只寫表象的「鏡中人影」，否則，必將無法提昇文章層次。

範例一

對鏡　李鄭龍

鏡子是一個可以清晰地反映事物外表的東西，在我們平常生活上被廣泛的使用：在廁所裡的洗手台前、電梯裡、甚至皮包中，但，這是只能看到外觀的鏡子，看不到自己行為的缺陷。

平時週遭環境相處的朋友親人裡，則是一面面能照出不同角度的鏡子。從他們的言談行為裡也許可以看到自己跟他們同樣的缺點，比方說脾氣暴躁的兩人為了一點小事而吵架。更有可能看到別人的優點是自己所缺乏的，「對鏡」的用途真不少啊！

常常照鏡子的人可能是因為愛美，然而時時警惕自己不要犯錯人應該就有很多的「借鏡」來提醒自己不出同樣的錯。「以銅為鏡，可以正衣冠；以古為鏡，可以知興替」但我覺得最適用的還是「以人為鏡」，如此「對鏡」便可以隨時糾正自

身的行為。

簡評

　　將「對鏡」的必然性及重要性，描寫得宜。結構允當，然而，高中生的基本文章，應以四段為主，如此才能達到「起承轉合」完善的論理效果。不如將引文置於末段，不但可以有「豹尾」的效果，也能夠為全文作出美好的收筆。

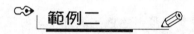 **範例二**

　　對鏡　郭彥琦

　　薄薄的一片玻璃，塗上一層淡淡的水銀，竟日流轉於你我的生活當中。

　　「以銅為鏡，可以正衣冠。」一面鏡子，可以照見自己的容顏。每天早上，我們總會對著鏡子來整理儀容，讓自己本身能夠穿戴整齊地出門，不同的面貌表情也會顯現在鏡中，它照出了我們喜、怒、哀、樂，也照出了每個人不同的特質。

　　「以古為鏡，可以知興替。」歷史的教訓，便是使我們不再重蹈覆轍。國父　孫中山便是以古為鏡，不願承襲清朝閉關自守的心態，以西洋為借鏡，打破中國五千年的專制文化，將中國帶入世界強國之列。

　　「以人為鏡，可以明得失。」人的眼睛始終無法看到自己背後身上的缺失，然而，我們四周圍的人卻能以不同的角度看透我們，唐太宗以魏徵為鏡，甩開無法自見的盲點，修正一己錯誤，成就大唐盛世。

　　天地再大，也大不過自己的一顆心，唯有處處留心，時時

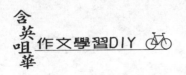

對鏡，才能正衣冠、知興替、明得失。

結構安排具巧思，將唐太宗的文句拆開，重新組合，一一
詮釋。「孫中山」的例證略不清楚，或可改換其他例子。

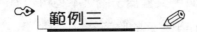

範例三

對鏡　葉威廷

鏡子，映照出人生的虛虛實實、形形色色。歲月年華的流
逝，自我的省視蛻變，在一片片方格中展露無遺。赤裸地刻畫
出人物最真實的本質。在光線反射重疊間，給了我們疑惑，也
給了我們解答。

人，是看不見自己的。唯有一窺鏡中成像，才能深刻地體
悟時間的推移，感受自己確切的存在。意識到飛躍而過的青春
帶走了稚氣，直率地在臉上留下了蒼茫和老練，毫無保留地揭
露造物的惡作劇，小小一瞥，造就了栩栩如生的衝擊，那是驚
歎婉惜？亦或是冀望悔恨？

然而，鏡子並不只是用來看清自己的面容樣貌，而是要直
搗入心，看清真正的自己，釐清自身扮演的角色、思索，追尋
舊有的窠臼，以其能更深入的了解與改變。此時，人生處處皆
為鏡子，交疊散射出光耀和輝芒。唐太宗曾道：「夫以銅為
鏡，可以正衣冠；以古為鏡，可以知興替；以人為鏡，可以知
得失。」正因為保此三鏡，端正品德，才能成就中國歷史上的
「天可汗」。沒有借鏡，就無法立足；無法立足，就甭提前進。
鏡面的反射閃出了外在，鏡中的虛像呈現了真實。在幻與實的

交替中，我們覺察到了珍視；在周圍佇立的鏡中，我們掌握了
人生。

簡評

結構妥當，文筆老練，哲理引人思索。惟唐太宗一例，因
為太常現身而光華不再，若能找些別的代替，應更佳！

三：原諒

題目

九十一年台北下學期第二次聯合模擬考作文題

證嚴法師《靜思語》說：「待人退一步，愛人寬一寸。」
我們來到這世上最大的必修課題，便是學習。沒有人是完美
的，也因此錯誤是無法避免的。而「原諒」不僅是我們渴望
的，更是我們該學會給予他人的。試以「原諒」為題，深刻敘
述自己曾有原諒他人或者被他人原諒的難忘經驗，並且描寫事
情過後的心情。

注意：

(1)文章格式不拘。

(2)文長限四百字以上。

作法說明

寫事情必須愈詳盡，情與理才得愈見分明。

事件的揀擇必須留神，事件太小，原諒的分量就不夠；衝突點太小，原諒便顯得不足道，可有可無，沒有力量。

然而，事件也沒必要寫到以色列與阿拉伯世界那麼大的差距，那是衝突不是原諒，同時也與你沒關係，與題目無關。同時，同學們必須知道主題不是寬容的偉大、不是衝突的震撼，這兩者與原諒都有差距。

範例一

原諒　楊瀚平

曾經一個夜，我獨自在黑暗裡用冰涼的指尖撫著臉頰上火燙的五指烙痕，沒有自己預期般，讓痛楚的淚水在眼眶氾濫，只輕輕收拾起散落在地板上，才被父親扯得粉碎的成績單。拾不起的是，在那巴掌摑下剎那，與紙片一同碎開的心……

手錶走過十一點，房間裡無光的氣氛和場景幾乎讓我窒息，我緩慢地移動僵硬了好幾個小時的手腳，扭亮了桌前的燈，照出雙眼凹陷更像幽靈，蒼白而無生機，我面對那張失去溫度的全家福照片呆坐，心中有著懺悔的波潮，我的喉頭因悲傷填塞而哽咽，連自己也不知道自己發出了什麼聲音。

直到不經意地瞥向房門，門縫間夾著一封信，那是父親潦草而微顫的字跡，窗隙吹進沁膚寒冷的夜風，我卻重新獲得溫暖……

簡評

小說式寫法，什麼都沒說，又什麼都明白了。受傷害時的心情以及懊惱時的情緒，都以外表及動作呈現。本文刻畫入

微，意義深長。

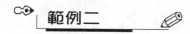

範例二

原諒　陳功儒

如果秒針、時針逆時鐘方向跑，如果時光倒流，我將不會再做出同樣的事情，即使他已原諒了我……

在我國中時期，有一位好友。在班上我可算是他少數的知己，因爲他太單純，太直接，所以人緣不是很好。雖然我不會排擠他，但在同儕喜歡開他玩笑的風氣中，我也漸漸「補個幾句」，每次他都原諒我，但對其他人的玩笑則報以憤怒的回應。沒想到，某一天，他竟意外地離開人世，留給我滿腔的愧疚和虧欠。他的死，在班上造成很大的震撼，班上同學將矛頭指向開他玩笑的我們，尤其在死因不明的時候，輿論指責我們逼他走上絕路……，雖然最後死因明確，全是意外。

在他走上幽冥路時，他原諒我了吧？原諒我的無情與殘忍。我自我安慰的認定著。然而我更認知到，我們當下擁有的人事物，如果不知珍惜，當某部分入土化風成塵沙之後，那些礙於自尊無法表達而出的，將會是一束裝滿遺憾的黃花……

簡評

最重要的原諒，緣自於永遠不能挽回的遺憾。要有這種事件，才有這種震撼，同時，引出本文爲例，其實是期望同學選材時，不要輕忽以待。事件描述如果更清楚，必能加強震撼力量，說理的感動力也將更強。

四：科學與人文

題目

九十一年下學期第二次台北聯合模擬考作文題

請閱讀以下文字後，自行命題，書寫一己讀後心得。

說明：文長以五百字為限。

題目命名不得以「讀後心得」為題。

精神分析學家認爲夢「洩漏潛意識的願望」，而人工智能專家則認爲夢是「生物腦在修改它的心靈程式」，這兩者其實是在用不同的語彙描述同一件事。因爲「深埋在當事者潛意識裡的慾望、情感」，跟「謄錄在腦細胞紋路裡的心靈或人格程式」，有的只是「修辭學」上的差異而已。

一個從人工智能這種充滿「唯物」色彩出發的夢觀，最後卻能得到類似精神分析般充滿「唯心」色彩的結論，也許是很多人始料不及的。不少科學家預言，將來有一天，我們能賦予機器人以「心靈」，到那時候，電腦也許就像人腦一樣會「作夢」，而「唯物」與「唯心」在他們最終極的形式裡，將奇妙地合而爲一。（錄自王溢嘉《賽琪小姐體內的魔鬼——科學的人文思考》）

作法說明

這個讓同學們先閱讀一篇文章，再讓同學針對文章內容發

表意見、評論得失、針砭是非,是一種趨向論說的「引導寫作」。

　　同學可以依三步驟進行思考:先大概由文章中找尋材料,並歸結出個人觀點;其次由個人觀點中,找尋可以支援主題的取材;最後安排這些材料,並要在全文的結論中,回扣題目或提供的文章。

範例一

人腦文藝復興　吳明侃

　　想過嗎?假如一個人的思想,可以完全用電腦析為0與1,那麼人的生活,剩下什麼?

　　科技在突飛猛進,我們身處一個資訊爆炸的世代,誰能想像有朝一日,人的四肢皆可用機械取代,而人的思想也能用0、1分析,如果連頭腦都可用「科技」替代,那生命的價值在哪?

　　科技起飛,人文素養卻原地踏步。

　　希臘城邦時代,著名哲學家們皆善於使用哲理解釋現象,那時的進步在於人腦,互相言語和辯論中激盪,「知識」可說是人類的特產,而現在,人民只懂科技便利、享受的一面,誰又在這「便利」的時代與機械競爭?

　　人的優勢時代快要過去,新的頂尖物種叫「羅伯特」,我們能不能喚醒自尊,讓人文的哲理文學美術,音樂再度復興,讓穿衣服走在世界各地的生物並不只是無腦的衣架子。我相信,唯有知識才是統治世界的力量,充實心靈,我們才會有靈魂。

0與1的數位訊號、機器語言、羅伯特的用詞等等，皆有人工智能的具體表現。對未來世界缺乏人文的恐懼不安，相當明確。

✏️ 範例二

一體二面　熊柏翰

我常覺得人在探討未知的領域，或生命的意義，若要達到極至，目的地必只有一個，那就是圓心，每個人可以用不同的角度觀測，但圓心只有一個，核心只有一個，真理只有一個。

真理不會隨時間地點的轉變有任何改變，只會因我們的愚知而曲解，真理是自盤古開天以來就存在的，不論我們以科學角度詮釋或用人文角度想像，如果欠缺宏觀視野，真理那一小點，仍可能被誤解。因此科學領域的專家窮極一生精力，解答問題，人文領域學者奮戰不懈的努力，有時只是瞎子摸象，有時卻也能略窺一二。

一體二面一如國士無雙之於絕色美女，科學與人文並不一定得壁壘分明才行，要進一步探求真理，需要解鈴高手，而這高手或許仍是繫鈴的那些人。

簡評

以全新角度期許化解二者涇渭分明的現象。真理被探索而出時，有部分的人可能視之為偏見；這世上，壁壘分明的人還是多些，好悲哀。

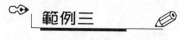

範例三

活的定義　謝右亭

人在一生中，有一個淺顯卻終極的目標，那就是要證明自己活著。在二十一世紀的現在，我們發現軀殼可以複製，而日新月異的技術，也使人工的智能有近似於人，甚至和人相同的舉動。甚至我可以說，我們有可能製造出擁有情感，乃至擁有心靈的機器人，那到時候，人類剩下什麼可以驕傲的？

精神分析學者認為，人因為擁有慾望而造就了潛意識，而潛意識形成夢，所以在人類所擁有的自主，我們的人格及心靈，構成人類活著的證明。因此，當機器人能夠擁有心靈時，因為他們同時擁有了自主的意識，所以他們也能作夢，也是活著。

我不認為人造人或機器人無法界定為活著，因為把眼光放遠，活著而表現自我、實現願望，這些同樣可以由擁有心靈的機器人完成，相反的，人類一旦失去了心靈，一樣會成為行屍走肉。

所以，當我們能夠有夢，能夠以心靈處在世上，我們才能稱為活著。

簡評

自設定義，主旨明確，為文簡勁。肉身與否，不再成為界定人活著與否的準則之時，我們可以考慮不出產那麼勁爆的機器人，也可以考慮讓自己的生命提昇至有夢有靈！

五：牆的獨白

九十一年台北第一次學測聯模作文題

桐城有張、葉兩家所共之牆崩圮，將復葺，兩家皆思牆之外移，張家爭之不得，乃馳書京城為相之張英，冀得奧援，張英得書，乃復七絕詩一首，曰：「千里書來只為牆，讓他三尺又何妨！長城萬里今何在？不見當年秦始皇。」家人乃讓三尺，葉氏見狀，亦退三尺。故今桐城有六尺巷者。

讀此一典故，你有獲得甚麼啟示嗎？請以「牆的獨白」為題，寫一篇約長500字的文章。

所謂的引導作文，必須依其引導文字的啟發而立主旨。引導之文字，必然有一些特定的感觸及思惟，如本題，感觸多半是「退讓」、「知足」、「另類思惟」，故宜找出其一感觸，當作全文的主旨。

當整篇有個指定的題目之時，這個題目便應成為同學文章的主要角度，如本題為「牆的獨白」，便應化身為一面牆，以牆的角度，第一人稱的敘求方式書寫，不能是「假如我是一牆」，因為你就是牆，才能有獨白。（獨白即英文之SOLO，是歌曲中或戲劇中，人物自述其內心情感，思想或身世的文

詞。）

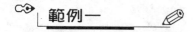
範例一

牆的獨白　葉士愷

我是一道牆，有形的亦或無形的構築在每一個「貪心」的角落，勾畫出人們的擁有，孕養了人們的欲求，我是一道無所不在的牆。

我並不好動，但人們常常處心積慮地，想將我再往外推個幾公分，但牆外的另一人，往往也是用盡心機地將我往內移，於是我便消消長長於人與人之間，不得一刻安寧。

就是因為有我的存在，人人才會不斷爭奪，為名為利；就是因為我的存在，人人才會互相猜忌，互設心防；就是因為有我的存在，人們才視大同世界為空中樓閣；就是因為我……

所以，搗毀我吧！在任何你可以看見的地方，在任何人心善惡的接合處。別再讓我縮小了人們的心胸，別再讓我擴大了人們的欲望。只要我不再遮蔽人們的赤子之心；社會才會變得和諧，世界才有更絢麗的前景。

少了我，人們將發現「既已與人己愈有」的事實，人們將能發現，放開自己藉由牆所區隔而出的財富，便能擁有整個可愛的世界。

簡評

以獨白姿態，表現引導文字所提醒的無私與寬容，處處貼合題目要求。第二段使用對比方式尋找材料，牆裡牆外，人各為己，表現自私，再於第三段以論說方式明說其心態；而末二

段，以「犧牲自我以求全」的無私，正可與人類世界相比。

 **範例二**

牆的獨白　劉祥霖

自古以來，我似乎成了人們私密的象徵，從家有壁，外有圍，而至宮有宮牆，城有城牆，我的存在固然帶來了安全感，卻也因此阻隔了每一個人。

我是人們身體最外層的堡壘，時時刻刻都在保護我的主人不讓他們受到傷害。但是，更大多數，我成了人們心中的藩籬，更因為他們的自私、貪婪以及嫉妒，使得我的阻隔能力漸漸茁壯，直到他們傷害了自己。

李家同寫了一本書《讓高牆倒下》，專門對付我；然而書中一切以愛為依歸的作為卻讓我動容。誠如書中所提：「何必在乎你得到多少，只需在乎你付出多少」，如果人人皆能如此，萬里長城將不存在，青年公園將無圍牆，而你與他都可以在沒有牆面阻隔的綠色大地，恣意跑跳。

而我呢？將在這種歡笑的世界中，心滿意足的躺下。

簡評

因為「愛」，所以甘心為人類而塌坍，這種溫柔，充分展現人本思惟。第二段先提及自己的保護功能，段末牽引至傷害結果，的確十分醒目。

六：幸福

✎ **題目** ✎

九十年下學期台北區第二次聯合模擬考作文題

每個人都在追求幸福，然而，幸福是什麼，每個人的定義也不一樣，比如：

小野說：「幸福是比較出來的，幸福沒有絕對的。」

西西說：「我的生活並不是不快樂，但也沒有什麼特殊的快樂。或者，沒有什麼不快樂就已經是幸福的生活。」

安東尼奧尼說：「幸福像掬水在手上，你捏得愈緊，流失愈多。」

《講義》雜誌：「我們為別人製造幸福，等於是為自己製造幸福。」

那麼你呢？你對幸福的看法是什麼呢？

請以「幸福」為題，寫出你對幸福的看法，然後加以說明。

1.可從上述的例子中選定任何一則加以發揮，或者，自行對「幸福」二字下定義。

2.請以實際生活中的感受具體說明，避免空泛的議論。

3.文長二百五十至三百五十字，每不足或多二十五字扣1分。要抄題，並注意段落及結構的安排。

　　這種給題材及主旨的題目，要達到中等表現並不困難，但要能發揮出獨特性，倒也不容易。所以，說明中既表示可以「自行下定義」，那麼還是跳出範疇較有益。另外，當然也不能犯「通篇泛泛論理」的毛病，這個文章，必須以「自己」為重心，如此才能符合「以實際生活中的感受具體說明」的要求。

　　這類題目有一個無敵取材——家人，固然可以施用，然而也要注意取材雷同可能有的缺失。另外，題目既然明定字數，且詳述扣分方式，字數自然必須謹慎；同時，規定要抄題，便不能更改題目。最後，既然要求注意段落的安排，自然應該要分段，既要分段自然必須三段以上。

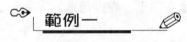

範例一

幸福　魯家恩

　　一個寒冷的冬日夜晚，和自己喜歡的人，坐在路邊吃一杯暖暖的關東煮，蒸氣把臉烘得熱熱的，好幸福；在窗台邊遙望星空，想著遠方的朋友，也許眼神也和你一樣的專注，好幸福；翻翻舊照片，在回憶裡打轉一圈，臉頰竟泛起一陣紅暈微笑，好幸福。

　　常常，在我們規律一如機械反射的生活中，太多的壓力把我們感受幸福的能力壓垮，於是，許多人開始想追求幸福，然而，幸福怎需追求？怎麼追求呢？幸福是一種本能，幸福是當自己輕輕闔上眼的時候，會從內心散發出喜悅，純粹的喜悅，它是一輩子的感覺，不會散去，無法取代。

　　從火車站出來，看到全家人坐著車，不期然地來接我；第一次發現自己好像該刮鬍子了；同學說小丸子最後會和花輪結婚，過著幸福的生活……真的好幸福，這樣的感覺怎麼外求？怎需外求呢？

簡評

　　能夠使用博喻手法，一個一個小小的幸福事件，自然而然組成了一整片幸福人生！前後二段的具體實例，將中間的論理部分柔化處理，輕輕鬆鬆便能取得認同。

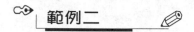

範例二

　　幸福　藍文宏

　　幸福是種甜在心頭上的感覺，是種人人追求的理想，但幸福是什麼，卻是怎麼也說不上來的。

　　早上吃了頓豐富的早餐，覺得很幸福，心裡甜得流出蜜來；卻在上學途中，被摩托車勾破了褲子，幸福的感覺也在咒罵聲的掩護下躲藏了起來。中午打開便當，看到一支雞翅膀，幸福的感覺使人飛上了雲端，但看到隔壁的同學大口大口地啃著雞腿，幸福又在失神的羨慕下逃走了，晚上在書桌上看著漫畫，心裡好是得意，但一想到明天的大考，幸福又在煩惱之中消失了。

　　幸福只是一種感覺，褲子破了早餐也沒有吐出來；別人有雞腿但自己的雞翅膀也還在；不能再看漫畫了，但課本也是書！幸福是虛無飄渺的，當我們覺得幸福，幸福便會自四面八方朝我們湧來。

一天中喜忿起伏娓娓鋪陳，結論因而順遂獲得；能夠在題目給予的範疇之外，另闢一徑書寫，意趣自然獨到。

範例三

幸福　吳昀錚

夜深人靜，拾一回「愛聽秋墳鬼唱詩」咀嚼玩味；曉明鳥啼，看著自己細心照顧的小紫羅蘭抽出嫩芽；車水馬龍，幫老太太拾起散落一地的蔬果。生命中的幸福，誰都可以學習自己發掘、自己體會。

的確，幸福是可以建立在任何觀點、任何角度的。世人臆料山居躬耕獨居的生活太無趣，可在隱居山林那群人眼中，那才是幸福；隱者自得在世上無所求、無所爭，但心懷憂國憂民意識的人心中，為百姓爭福祉才是無上幸福。幸福的定義化身千萬，卻僅適用於下定義的人。

涓涓靜流吐露典雅的美，波瀾壯闊的大江不失豪放，遼闊大海獨享仁者胸襟，舀一瓢水，裝填入任何容器，形狀大小都將各有差異。請問，你要怎樣的幸福？

以豐富的人文資料組合成篇，所有文學史上學習的東西盡皆入文，閱讀者自然欣賞。幸福是一個選擇題，喜歡臭豆腐或義大利菜沒有尊卑之分，閱讀著這篇文字，所有的幸福全都理直氣壯！

七：壓力

題 目

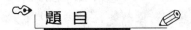

八十九年台北區公立高中第二學期第三次聯合模擬考題

在人生道路上，存在著各種壓力，每個人面對它的反應都不同，你如何看待它們呢？請以「壓力」為主題，寫一篇四百字以上的文章，抒發你的領略及看法。

作法說明

這是一種限題作文，因而，只要是自選定的題目發揮的文字皆為切題文字。同學作文之時，便需要對文句多些修飾，以期在相同取材的文章之中，脫穎而出。

千萬要注意，不要無法控制地寫成衛生署枯燥的宣導政令；當然也不要將個人生活寫得極為悲苦，不夠陽光。至於「聯考」作為主要的引證的文章，多少讓人判定了你的心胸只虯結在這個小哉問的議題之上，不夠開闊，不夠宏觀。

範例一

人生的試金石　蔡凱恩

在現今時代中，它是人人肩上的重擔，有的人因為它而進步，也有的人因它而失足。但更確實的說法應該是：它是人類生存下去的原動力，也是人種進步的來源。因為它能激發人一

切潛在能力，能推動人更上一層樓。它已是人類演進不可或缺的元素，它是壓力。

從我們一出生，即背負著各種的責任與壓力。在孩提時，要做一個人見人愛的乖寶寶；在學生時，要努力用功念書；在為人父母時，要擔負孩子一切事物，……，恐怕只有在我們離開這個世界時，才感到一絲的輕鬆。難怪佛家語中有句：「人生在世，煩惱多苦，解脫為樂。」但是去除了所有壓力就是好嗎？真的是解脫嗎？我心中吶喊著：我不認為。

桌球國手蔣彭龍在世界桌球錦標賽中得到了銅牌，但是我們可知道他在隊友一一被淘汰後，只剩下他一個人的壓力嗎？那恐怕是千斤萬擔的重啊！因為有壓力，他格外的賣力、出奇的謹慎，因為有壓力，他才能衍生出那種「打不死的蟑螂」那般的意志。這些正是他成功的原因。如果韓信不背負胯下之辱的壓力、如果越王句踐不背負亡國之恥的壓力、如果　國父不背負成千上萬中國人自由的壓力，他們不會創造出留名青史的功業。

因而壓力應被視為一種能源。因為有它的存在，生存有了動力、有了方向。人們總在背負各種責任與壓力中成長，這些推動力，確實有助於我們的蛻變。

簡評

例證運用詳略得宜，第二段的反面說法，為正面肯定壓力的題材，蓄積相當駁論的空間。

範例二

走過生命的暴風雨　曾柏挺

父親經營的公司曾遇上一次極大的危機——一個操守不佳的員工洩出許多重要的資料，在客戶前暗中重傷公司，一時之間，公司陷入了困境。……

許多東西必須重來過，營收狀況也不盡理想，陪著父親一路走來，我看到他背負著沉重的壓力，但我也看到他那顆努力不懈的心和似乎能克服一切困難的樂觀和進取。終於，父親的公司又重新站了起來，開創了新局！這身心同受的經驗使我覺得，「壓力」是可以使我們走出人生風暴的助力。

海洋中，地平線的一端，浪潮一波一波地滾向我們，若它們經過平坦的海岸，只不過成為一片灘頭，但通過暗礁時，就有「驚濤裂岸，捲起千堆雪」的壯闊氣勢。人生困難險阻不可避免，壓力必然接踵而至，這些壓力，有如千萬噸的巨石壓在背上，汗流浹背，脊骨都要彎折了，但若沒這些壓力，許多人可能還不知自己能有多強！能爆發出多少勁力！

只要我們有好的「抗壓性」，必能化壓力為助力。「戰戰兢兢」的道理也一樣，愈大的壓力之下，人們愈是不敢有一絲一毫的鬆懈，愈是兢兢業業，深怕自己一放手，失去了成功的機會。我們不能視壓力為毒蛇猛獸，不肯面對，因為這是凡人必經的路，也是個人對自我最深的期許。

父親的處世哲學仍深烙我心，凡事將最壞的打算都想透了，那麼有什麼不可以放手一搏的呢？只要堅持理想，懷著樂觀進取的心，必能克服壓力，吹散人生的風每一場風暴。看，

天又藍了！

簡評

　　只取一例詳述，感受與力量必然集中。以興筆收束，妙趣
溢生。

✎ 　範例三　　　　　　　　✐

壓力即助力　江建緯

　　人自一出生便扛負著完成許多責任的重擔，而督促我們跨
步向前的幕後推手就是——壓力。壓力如影隨形、神出鬼沒，
讓人無法掌握，它就像一把利刃，握住刀身或握住刀柄，便鋪
出兩條背道而馳的人生大道。

　　「不經一番寒澈骨，焉得梅花撲鼻香」為了達成人生宏遠
的目標，就必須將血和汗拋灑於大地，並且通過身和心的艱熬
試鍊才行。壓力是試鍊之中最奧妙的一種力量：它折磨著我
們，使我們的精神如遭凌遲般痛苦，卻也促使我們作出超越障
礙的突破。

　　鑽石，在任何光線的折射下，都能熠熠華亮，原本只是石
墨的它，經過地殼巨大的壓力，成就了這個舉世讚美的珍寶！
有些人因為壓力而發瘋，也有些人因為壓力而成長。壓力可以
使人頹唐喪志，亦可以令人雄心萬丈；它可以留下千古罪人的
臭名，也可以締造萬世英雄的聲譽—就看掌握者的一念之間。

　　希特勒名震歐洲，但無力面對失敗而自戕；羅斯福總統在
經濟一蹶不振之時，仍做出英明決策，讓跌落谷底的經濟起死
回生。歷史事件過程雖大異其趣，幕後推手始終只有一個——

壓力！

　　引用之史例與壓力正反不同的結果描述極詳，取材極為出色。活用古人語句，使文章既具內涵又不嫌制式。

八：在生命轉彎處

題目

八十九年北區高中聯合模擬考試題

　　生命起伏多變，曲折難料，失敗可能成為絕望的眼淚；也可能是成功的根苗。請以「在生命轉彎處」為題，闡述己見。

作法說明

　　在生命轉彎處或許意同於「轉振點」，但未必是「成功與失敗」的同義詞，這篇文章，應該寫「當生命碰到挫折時應有的態度與作法」，轉彎或許因為方法不對，或許因為面對挫折與難題，有積極的正確的態度便可以找到正確與積極的方法了。如果只寫「生命的哲學」「人生的看法」就是離題。至於如果寫了「成功與失敗」的態度應如何，也很容易於離題。最好處處皆可見得題文，便不易讓人誤解了。而「生命」是何其大的議題，若只見得聯考失敗啦、段考進步等等，便失之狹隘了。

範例一

在生命轉彎處　高禎陽

有人說：「上帝關了這扇門，必定會給我們開了另一扇窗。」是的，天無絕人之路，這世上沒有必然的絕望，只是要看我們以什麼角度來看待一個令我們垂頭喪氣的事實！

事實從來就無法改變，換句話說，後悔、生氣、捶胸頓足不但毫無幫助，反而扼殺了自己面對眼前定局的勇氣與信心。學者曾昭旭在〈失敗的價值〉一文中提到：「成功了，你會得到光榮；失敗了，你會得到智慧。」愛迪生是眾所皆知的偉大發明家，他的電燈，為人類帶來了無限希望，而他在屢次失敗幾乎崩潰時，意外地成功了，這就是上帝對待人的方式。《誰搬走了我的乳酪》一書提倡著：「你可把一生的成功，投注的心力當成乳酪，當你賴以維生的乳酪被搬走後，你必須跟著乳酪移動，而不是生氣懊惱。」

碰到絕境的人，如果不積極起身追尋那乳酪，還繼續待在原地裹足不前的話，那就失去生存的意義，因為「踏破鐵鞋尋覓處，柳暗花明又一村」即使在生命轉彎處已佈下另一局，仍要自己踏破鐵鞋地走過這個彎，即使下一步踏的未必是平直的成功路，也好過留在原地，等待不可能的救援。

無論什麼人都不可能一生平平順順，成功者在絕望時選擇了正確的路，將過去種種失敗，昇華為成功後甜美的回憶以及將來的警惕；失敗的人，在絕望時沒有積極嘗試，只是一味躲在角落，嫉妒那些成功的人，讓失敗的事實，成為一生慘痛的回憶。

世界上每件事物都有意義，能在生命中表現出自己存在的意義的，才配叫作「人」。我們不該在絕望時躊躇，彷彿自由落體般向下加速度，留下無比的憾恨……

簡評

大學教授總論評著中學生閱讀太少，以致作文內容太過平庸，因而，能夠在文章中掉掉書袋，將是展現實力的一種方式。本文末段未能回扣全文，且以負面收束，並不合宜。

範例二

在生命的轉彎處　蔡凱宇

「順風可以航行，逆風可以飛行」人生是一場戰爭，而心是最大的敵人。有些人可以將失敗視爲助力，化作下一次飛翔的動力，但有些人卻因此一蹶不振，在失敗的泥沼中載浮載沉。幼蟲在孤寂中默默忍受蛻變的痛楚，就是爲了破蛹的刹那，人生不也如此？

面對人生的轉彎處，有人選擇徬徨無助，等待援手；有人卻能力圖大振，闖蕩困難。人生有如鐵砧，愈被敲打，愈能激出生命的火花。人生起伏，失敗只是一個微不足道的摔倒，勇敢的站起，帶著自信跨步，必能走出一段康莊的大道。當初創立經濟奇蹟的台灣人，莫不是在一次次失敗中成長茁壯，每一段不平凡的成功，是由無數次抵擋挫折而成。

前些日子爲台灣爭光的奧運女選手陳詩欣，曾經因爲挫折而放縱自我，經歷一段辛苦的掙扎之後，她重拾自信，取得奧運資格，在奧運中爭得我國國旗歌高昂響起的機會，她所打倒

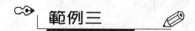

的不只是對手，更是生命轉彎時的困難與徬徨。

　　人生有太多的暗礁巨岩，與其受挫於殘餘的瘢痕，不如全力成就下一次波瀾洶湧的壯麗，只要拿出勇氣，崎嶇的道路上就有足夠的風景豐碩生命。

簡評

　　取材豐足，造語豐美，尤其例證使用，十分具說服力。

範例三

在生命轉彎處　王奕中

　　「君不見黃河之水天上來，奔流到海不復回？」受詩人千古誦詠的黃河入海之前，歷經了多少個急流險灘？在黃土高原及黃淮平原上繞了多少個大彎？同樣的，人生曲折難料，又要轉多少次彎，才可到達成功的彼岸呢？

　　生命是一條漫長的路，路上有無盡的重重關卡等待我們突破；也有疊疊的迷障，等待我們破解。回想起一九九八年ＮＢＡ總冠軍戰中，在不剩一分鐘的時間，公牛隊仍落後四分，但喬丹再度挺身而出，化不可能為可能。在一次次的重播當中，每個人清楚看到喬丹那不肯認輸的眼神，是他的不認輸創造了奇蹟，那一刻的他在球場上的完美的轉了一個彎。

　　邱吉爾有句話說：「成功者在危機中看到了轉機，失敗者在轉機中看到了危機！」我想人生當中贏的未必全贏，輸的也未必全輸，重要的是面對生命中的轉彎處，要以前事為鑑，不再犯同樣的錯誤。曾見到運動雜誌內，職棒年度球員的一段話，令我莫名的感動，他說：「我成功之處不在於我的打擊率

是多少或是全壘打有幾支，而是在於每一次低潮，我都勇敢度過。」今日的失敗何嘗不是明日成功的踏腳石呢？

我現在正站在生命的轉彎處，但我相信，只要鼓足勇氣，勇敢的度過，明天又是吹起勝利號角的時刻。

簡評

首段採用「興」筆起始，取用浩瀚澎湃的黃河，氣勢便是不凡。喬丹的奇蹟是不服輸，第三段寫要以前事為鑑，二者的段旨皆不明顯，易顯鬆散。

九：緬懷古蹟

✎
題 目

八十九學年度成功高中第一學期第三次模擬考題

閱讀余光中〈祭三峽〉一詩後，請依說明作文。

大江東下，滾後浪推前流

永不休工的水斧

向擋路的巫山

把深邃的迴廊劈出

連峰排空是怎樣的氣勢

不讓日月向峽裡偷窺

卻向峭壁的體格鑿出

神仙的緋聞，英雄的遺恨

　　灘聲，縴聲與猿嘯聲裡（註一）

　　教驚疑的江客隔霧指認

　　探不盡夢之迷宮永不閉館

　　悠長的迴聲谷餘音不斷

　　都說是江流而石陣不轉

　　誰料神話也限期搬家

　　縱使磊磊與天地同壽

　　十二峰也像是十二指腸

　　要開膛剖肚，大動手術

　　為新造的雲夢巨澤接生

　　巫山不再是雲了，高唐更非夢

　　面紗一揭不再有謎底

　　從巴關到荊門，迢遞的行旅（註二）

　　鎖峽的拉鍊一拉開

　　先主的悲憤，孤臣的惶恐

　　宋玉的綺念，杜甫的歸心

　　李白的輕舟載著早霞

　　都將陸沉在浩淼下

　　逐波而去追屈原的亂髮

　　楚歌、唐韻，都無家可歸

　　淪為無處移民的難民

　　而三峽啊唯美的三峽

　　依依的三峽啊漢魂所附

　　只能蟠蜒在古籍的尾註

　　　一條恐龍

終將滅種

被無情的大江滔滔淘空

註一：縴，拉船前進的粗繩。

註二：迢遞，遙遠貌。

說明：長江三峽大壩工程已經展開，利弊如何各有看法，余光中的詩句透露無窮的嗟嘆與不捨。在你的經驗中，是否有類似懷想呢？請以「緬懷史蹟」為題，發己見。（文長五百字以上，段落宜分明。）

作法說明

「史蹟」是必須有歷史意義的古蹟，同時，歷史意義不可以只是「你」的歷史而已；因此，你家的古厝、你童年時頑皮的對象：土地公都不算數。「緬懷」是綿長的回想，因此，你所提舉的史蹟最好能夠回憶出多一些的歷史痕跡，因此，同學寫及三峽，將所學的三峽古文詩句全都寫上，便是一個妙招。但，若是只舉了千把個古蹟名字，便不合於緬懷的詞義了。

這是一篇抒情為主的說明文，所以切切不可全篇寫「古蹟的重要性」。史蹟的認定也是個麻煩，台東的好山水算不算？中部橫貫公路算不算？阿里山的神木算不算？其實，只要無法舉出歷史上的意義的，就不算。因此，破壞了山水，摧毀了生態平衡，都不能算是破壞史蹟呢！

範例一

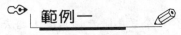

緬懷史蹟　吳偉瑩

小時候，爸爸曾帶我們全家去三峽的老街及清水祖師廟。

祖師廟從建廟至今，一直香火鼎盛，人潮絡繹不絕，即使廟宇全都用木材構成，因時常整修，看起來仍然金碧輝煌，至於三峽的老街，可就沒那麼幸福了。

曾經商家鄰立熱鬧非凡的老街，這二、三十年逐漸沒落，除了稀稀落落的幾戶人家還住在那裡，其餘的都搬到附近的公寓大樓，只留下一間間年久失修但又禁止改建的房舍。

其實，三峽老街的歷史價值，不亞於清水祖師廟，只是經濟價值略遜一籌，少了經費重修整理，不似清水祖師廟每年舉辦盛大廟會年年修整。而老街空屋多，整修起來著實需要一筆可觀的費用，因此，也就被擱置下來。

近來，要保存古蹟讓後人憑弔？還是拆除一街的危房又成了爭論不休的話題。古蹟本就不多，保留下來，後代子孫才有可學習的資產，不是嗎？

簡評

取材合於台灣本土之求，亦能將所指之史蹟盡己所能加以說明介紹。或許是「小時候」的印象不深？否則，除了「金碧輝煌」之外，應多形容清水祖師廟；除了「年久失修」之外，老街的風貌也應詳細描述。這才能符合「緬懷」的主題

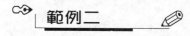

範例二

緬懷史蹟　陳璽尹

地球不停的轉著，宇宙永遠不會停留在同一個角落，過去的歷史洪流也只能在殘破的牆瓦中見識到他遺留下的足跡。

古人不經意留下的一個亭子或一個石碑，現在都可看到不

同的人以不同的角度拍攝留念。因爲這些古蹟，我們才眞的能體會人類從前活過的痕跡。這些古蹟也帶給後人活下去指引。只是，時間的洪流會把長江三峽沖向深暗的黑暗，去年九月的摧殘，也毀去了無數台灣的回憶。再驍勇的史蹟，也難敵大自然的威力。

　　許許多多逝去的史蹟，沒能留下身影，一如三峽。三峽雄偉豪放又動人心的呐喊，我今生無緣聽見；三峽的美，將在雲和山的彼端，飄逸又無法捕捉。而人的腳步是向前的，歷史是我們用手打出來的路，只要人類還活在這個空間，我們留下的就是史蹟，我們傳下的，就是史詩，這個宇宙會因爲我們生存的時代而有所不同，我們活著，擁有創造一切可能的力量。

　　歷史一直前進，人類一直創造，我們在歷史上的痕跡，不可能消失於無形。我是這麼相信著。

簡評

　　前半帶著淡淡哀傷，卻在後半由傷痛中自我肯定，為史蹟虛擬了未來的空間與存在的可能，這走向是創新也可能是危險。

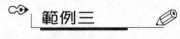 **範例三**

　　緬懷史蹟　朱學彥

　　浩瀚的江水川流不息著，起自巴顏喀喇山而向東奔騰入海，途中多少族群受其沾漑，多少土地受其滋潤，多少奇景因其而成，它不是普通的江水，它是——長江。

　　自古至今，在長江激情奔流下，不知歷經多少朝代的興

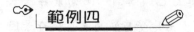

衰、文詩人詞人的更迭，而其中最令人嚮往的，莫過於長江三峽的鬼斧神工，在歲月的潮流裡，儼然成爲大時代的見證，歷史興革的象徵，三峽兩岸的岩壁上，訴說著多少的辛酸血汗，功成名就；青�̣翠綠的山峰，娓娓道出互古至今的自然變遷、人事消長；縴夫們奮力的吶喊聲、猿猴淒厲的吼叫聲、古蹟幽咽的呻吟聲、大塊的低鳴聲，無一不爲這令人嘆爲觀止的三峽增添另一分美景。

由於長江大壩的興建，許多受人瞻仰的古蹟終將長埋於洪流之下。那是我中華民族的象徵啊！那是我歷代祖先的紀錄啊！那是我心所嚮往、棲息的歸宿啊！竟在人爲的因素，中華民族失去了象徵！竟在人類的破壞下，我失去了瞻仰祖先風範的地方！竟在自己的侵擾下，我心喪失了得以休憩的歸宿！這真都是人類自我製造的業障！一段再也無法彌補與重來的孽。

湮沒在滾滾江水下的歷史，在不久的將來也只能存在泛黃的古籍之中受人「憑弔」與生硬平面的照片中受之「瞻仰」，或許這便是後代子孫們前世所造的業吧！未來也只能默默地承受這十分苦澀的果。

啊！長江三峽，我中華民族最輝煌的象徵。

簡評

慨歎氣氛濃郁，極能符合這類文章所需。

範例四

緬懷史蹟　莊景翔

伴著白雲蒼狗的藍天下，蝺蝺獨行的平快列車穿梭在廣闊

無際的平原，我享受著小島上的環島旅行，透過窗戶，品嘗無窮古意與繁榮現代的重疊。

印象最深的是新竹車站。年代久遠的磚造房舍，據列車長說是劉銘傳所建的。行經之時，震耳的拆建重修聲令人錯愕，我彷彿聽得見史蹟驚駭的喊著：「不要將毀去，我已然屹立許久了。」

停棲在這車站內一輛輛歷史久遠又乏人照料的火車，微鏽的車漆、見蝕的輪軌均是歷史的見證，也許他們不久也將不存在？一節橙色的車頭緩緩駛入吸引我的目光，那是年代最為久遠的光華號，當年它也曾風光一時吧？過往的記憶已不復記存，又何況是先人的經歷呢？不論我們保留了多少固有傳統，仍有更多部分扼殺在我們的手上。

每一個火車站都是古蹟，都是土生的人與物建構起來的。環島旅行後不久，九二一地震損傷了木造的集集車站，那些寂寥訴說歷史的知己又少了一位。

簡評

唏噓之心，歷歷可見。

十：寓言在說話

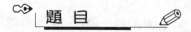
題　目

八十八年成功高中第一學期第一次模擬考題

　　有一次，一個小的「0」字不小心掉進一個大的「0」字裡，大的0字高傲的說：「你怎麼生得這麼小，我比你大這麼多，你應該要好好的檢討檢討。」小的0說：「你再大又有什麼用呢？還不是跟我一樣等於0！」

　　看了這篇引導短文，請自行命題抒發自己的感想，寫一篇文長約六百字左右的文章。

作法說明

　　這是一篇「閱讀心得」的寫作題，如果所閱讀的文章是散文，同學們對主旨的掌握必須精準，如果是寓言，則可以各自表述，比如這一則寓言，可以從數字的角度寫及：「上帝於人的一生中，設下了許多使人陳腐墮落的陷阱，有的看似艱難，須咬緊牙關往前衝，有的充滿誘惑力，讓你深陷不能自拔。所以，千萬不要讓自己滿足於只當個『極大值』，更應精益求精的使自己成為一個『最大值』。」（歐檀立）；也可以廣泛的談及0的概念，如：「一個簡簡單單的0，在英文裡是不可或缺的字母，在數學裡是一個無比重要的符號，在思想上，它是萬物的起源，所謂『道之本體』正是從無到有再化生萬物的。」（林育正）

　　這就是寓言閱讀心得的妙處，因為每個人切入的角度本來就不相同，但千萬要注意自己的創作主旨必須一統，否則，少了主旨的文章，就像斷線的珍珠，你的材料取得再好，也只是散亂不整的四處滑動。

　　至於「自行命題」部分，如果善用之，如「自我的價值」、「極大值與最大值」、「找出自己的一片天」等，皆可為

全文加分。

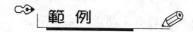

掙脫盲點　朱學彥

雄性軍艦鳥以斑斕的下頷吸引異性眼光、狒狒以體型氣力決定首領、夏蟬狂野嘶鳴招引同伴……天地萬物似乎都有一個盲點：注重外在形體而忘卻自我內涵的重要性，現今社會正是如此。

由於虛榮心的氾濫充塞，人們樸實純真的心受到蒙蔽，內心澄澈的湖早已凍結。個人的價值不再重要、社會的價值不再有意義，領導社會潮流脈動的，只是外在虛有的形體。

外在形體固然是維持每個人在宇宙中生存不可或缺的一部分，但是真正為生命導航的，應是深埋於肌膚形體之下那分心靈的律動。倘若我們不能充實自我內涵，不能使心田開出茂盛的花朵，那麼來世一趟等同於虛晃一遭，生命僅是隨著皮囊成長老化而重歸塵土，這豈是人生來世一遭的意義？只有努力灌溉心田、充實自我心靈，我們的思緒才會變得有條有理，更才能將深鎖的心重新活躍，讓人類的生命扉頁留下完美色彩，一個屬於人類生命軌跡的記載！

「天生我材必有用」不正明顯告訴我們個人的價值？即使只是一個小螺絲釘，對於整部機器也是不可或缺的。我們不也如此？在社會的大舞臺裡，每個人都扮演著無法取代的角色，展現個人價值的我們，也將使得每個人的存在重要莫名，因為這些價值，社會的意義開始定位，這是造物主賦與人們的使命，完成使命，人的價值奠基，社會意義也因而成立。

當我們感受到內心的律動；當我們能夠有思緒去思考；當我們不再妄自菲薄，不再自限於獸性的盲點之時，重視生命本質將使我們的真情開始流動，使我們的心靈開滿繽紛的花朵、結滿豐碩的果實，屆時，我們已然開始領略生命之美。

|簡評|

全文掌握「外形盲點」而言，主旨明確。首段取用的生物之例，具搶眼的效果。

十一：蓄勢待發

✑ 題 目 ✒

八十九年北市成功高中高三作文比賽題目

萬物乍看好似停滯不動，其實處處蘊藏著微妙的變化。看過蟬的蛻變嗎？原本定住不動的蟬，漸漸自背脊的裂縫中，看到黃綠的蟲體一毫一分地「推擠」而出，最後方得立在幹枝之上，展開雙翼，「嗡」的一聲，高飛而上，鼓動發聲器開始「唧唧」高歌。牠在深土中沉寂數年所等待的就是在夏日高聲放歌的這一刻！

請以「蓄勢待發」為題，書寫一篇四百字以上的文章。

✑ 作法說明 ✒

「蓄勢待發」這個題目有兩個重點，一個是「蓄勢」，要將

「累積實力」的相關議題呈現；另一個是「待發」，在機會到來之前必須懂得等待。

同學們可以藉由各種人物在發跡成功之前的「沉潛」而言，那便是「蓄勢」的階段。至於「聯考」「考大學」之例，最好只佔全文一小部分，免得自曝眼界狹隘之短。

範例一

蓄勢待發　霍楷元

「窮髮之北有冥海者，天池也，有魚焉，甚廣數千里，未有知其修者，其名爲鯤。有鳥焉，其名爲鵬，背若泰山，翼若垂天之雲，摶扶搖羊角而上者九萬里，絕雲氣、負青天，然後圖南，且適南冥也。」莊子逍遙遊的一段，說出人們心中那奮發不已的精神源泉象徵。

潛龍若不出池，終究不過是蛇蚯；然若不經一番潛藏的歲月，也積累不出騰雲駕霧的神威。閱兵臺上的統帥，即便身經百戰，面對千萬壯盛的軍容，也不免受其震慴；原因就在於那股亟欲翻騰的熱血，似狂濤，似山洪暴漲的千鈞之力，似滿天黑幕的雷霆，蓄勢待發著。歷練光陰的琢磨，使其勢如不可測的深淵；其勢未發前的沉著，隱約地散發著魅惑人心的沉著。一切，只起於瞬間，卻可能持久地壯盛，或在史冊上留下精湛的一筆佳話。這便是蓄勢待發之所以可怕、所以受人敬畏的根柢。

然而，在蓄積的過程中所受人注目的不僅是磅礡的能量，也在於那不可預知的無限可能性。鵬鳥若不摶上九萬里，無人知其能耐；若不適南冥，則無人知其高遠的志向。而今反觀世

局、世人，處處充沛著能量，能震撼天地的光芒；可是，目標在哪兒呢？未來在何處呢？於是「與物相刃相靡而不知甚所止」，這不就是現代人的悲哀嗎？

　　人一生最重要的時刻，是早晨清醒時的一口氣之間。那介乎生與死、昏沉與醒覺的一口空氣，是沈睡後的重生。但盼在長久的努力後，人人能在緊要之時蓄勢待發，衝決網羅；那一瞬的無限，便是永恆。

簡評

　　起筆磅礴，將可蓄成的氣勢，展現至極；全文為蓄勢舉出「應有方向」的提醒，極見個人主張。

➽ 範例二 ✏

蓄勢待發　黃文誼

　　世上每個生命體都有好生活追求的理想，心中皆有那一種冀望和悸動。人又何嘗非然？看著蟲兒化蛹成蝶的蛻變，看著一窟窟的火山隨地下積蓄勢的擴張而爆發，看著烏雲密布剎時傾盆大雨的轟然震撼，一切都是如此強大的、致命的，不可思議的力量表現。

　　難道這是一蹴可幾的力量？不，決不是。它釋放出來的是我們無法估計的能量，是一種遙不可及的想像。蠕動中的蟲豈能一步登天幻化成蝶？牠在幼蟲時期，在不為人知的隱約裡，攫取自然賦予牠的力量，獲得自然提供的菁華，牠尋求庇護，牠必須自立，牠要存積足夠的激素能量，讓牠蛻變成婀娜的彩蝶。牠一點一點、一滴一滴地累積，慢慢地，緩緩地為自己築

一個屬於自己的蛹巢，蓄勢待發，牠靜靜地臥在裡頭，動也不動，轉眼間破蛹而出，呈現的竟是一隻光彩斑斕的蝴蝶，讓人悸動不已。

由此可見，一隻毛蟲所積蓄的能量是如此源源不絕，最後改頭換面，非常驚豔，是故萬物之一的我們亦必須遵循這大自然的原則，倘若沒有足夠的本錢和雄厚的實力，沒有人可以平步青雲，一步登天的。舉重比賽時，每一位選手都在握住把手之時，屏氣凝神地累積力量，然後將那重如千鈞之體抬起；跳高跳遠時，必也要有一小段助跑。那一段助跑，片刻的屏氣，都是「蓄勢」的一種型式。唯有蓄勢，將來才有足夠力量，往自己的康莊邁進。

「山不在高，有仙則名，水不在深，有龍則靈。」在我看來，我們既非神仙也不是蛟龍，只能繼續堆高我們的山吧，只能繼續加深我們的水吧！但「欲速則不達」，我們必須循序漸進累積實力，一步一步邁向屬於自己大道，屬於自己的悸動陽光，讓它灑落你一身的光芒。

簡評

抒情式的表意，是議論文章絕對的賣點，本文的表現便是如此。「毛蟲」的例子很有趣，一階段一階段的詳細描述，使得「蓄」「待」二字得以完整呈現。

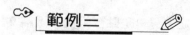

範例三

蓄勢待發　盧韻仁

在物理實驗上，將一條短小的彈簧壓縮到最小，此時，我

們將可以從指尖感受到彈簧給予的壓力；等到一放手，彈簧立即彈得又高又遠。

在歷史上有許多名人忍辱負重來累積「能量」，等到一有機會便爆發出別人意想不到的實力，譬如勾踐忍辱負重，每日砥礪自己，十年生產，十年教訓之後，蓄勢待發，終能捉到機會，一舉復仇雪恨。

我們現在在學校讀書，求學問，便是累積知識、累積學問、累積能量，使自己一遇上機會便能一展長才，而不至於眼巴巴地看著機會溜走，到時才自怨自嘆，後悔莫已。

那麼，我們做學生的到底要如何累積自身的實力，才可以使自己隨時保持最佳狀態呢？首先一定要把課業弄好，在學校該會的，該理解的就不可懈怠直到搞懂為止，而且，這僅只是基本的第一步。除了第一步之外，還必須涉獵到額外的最新資訊，瞭解和我們息息相關問題，但是在現實的社會中常有人認為只要等到機會的來臨便能扶搖直上，一飛沖天了，而我認為沒有廣厚積深的實力，便像是沒有引擎的飛機終究是會墜機的，因為沒有深厚的底子，即使機會到來，也會令我們束手無策，最後只能等著和失敗會面了。

在現代的社會中要功成名就，機會固然重要，只有實力才能蓄勢待發，才有成功的一天。

簡評

物例傳神，史例切題，己身之例，更是貼合近況，這篇文章的表現，因這些例證而顯得豐沛。

十二：名言錦句續寫

題目一

八十九學年度第二學期北市高中第三次聯合模擬考題

說明：下列有三則名言，請仔細玩味，根據你的體會，任擇一則做為開頭，續寫成一篇兩百字左右的完整短文。

1. 英國詩人雪萊說：「冬天到了，春天還會遠嗎？」
2. 泰戈爾說：「當你微笑時，世界會愛你。」
3. 巴斯德說：「機會只眷顧有準備的心靈。」

作法說明

說明部分已十分清楚，若未將一則列為開頭，未有二百字，不完整皆為失當的作法。部分同學詮釋錯誤，如雪萊之語，若只將其詮釋為循環論，便失之過狹。

範例一

英國詩人雪萊說：「冬天到了，春天還會遠嗎？」的確，人常將一時的困頓與挫折，化為無底的黑洞，將自己置於憂傷的氣氛中，殊不知克服困境而迎向成功。試想：如果文王沒有置身監牢，會繹出八卦真義嗎？愛迪生沒有經過上千次失敗，找得到使燈泡發光的方法嗎？統一沒有堅持自己的步調，忍受超商十年的虧損，會成就如今縱橫兩岸的食品王國嗎？俗語說

得好：「要把吃苦當作吃補。」一時的困頓不是永遠的苦境，它是一種讓我們的羽翼長順茁壯，使我們未來飛得更高、衝得更遠的機會。（丁浩偉）

簡評

短文以簡例為助，最顯具體。

✑ 範例二 ✏

泰戈爾說：「當你微笑時，世界會愛你。」懷抱著一顆舒適自得的心看看世界吧！當你從心湖盪漾出一片微笑，小草雖然柔弱，在你眼中將生機昂揚；樹葉雖然蒙塵，在你眼中仍具厚實綠意，小鳥的鳴啼不掩於車馬喧囂，遠大的目光不阻於高樓大廈。時時微笑面對世界，即使世上所有不幸降臨到身上，也只是皺皺眉頭，再重新出發。打從心底的微笑，像是一本觀察世界的導讀，讓我們能夠進入美麗的生命殿堂；也像一陣伴隨我們左右的長風，助我們突破萬里大浪；更像冬日灑下的暖和陽光，驅走寒冷。微笑，真是世界最美好的神情。（吳京霖）

簡評

喜悅的心情看向世界，自然是無比美妙。

✑ 範例三 ✏

巴斯德說：「機會只眷顧有準備的心靈。」的確，時運際會不是任何人可以掌握的，但我們卻可以隨時充實自身才學，經過「潛龍勿用」的蟄伏期，一旦良機出現，便能飛上九霄。

諸葛亮與姜太公受重用，進而激起一段歷史上的風雲開闔，傳為千古美談；前亞都飯店的總裁——嚴長壽先生，即使當服務生也不忘自修，最後成為飯店的重要領導人。知名的小葛瑞菲每天揮棒上萬次，目的是在為下次上場的打擊作準備；飛人喬丹每天投籃上千次，目的是為下場比賽精準的命中率作準備。我們不必憂患沒有機會，要讓自己隨時置身在有準備的處境，保有一顆隨時作準備的心靈。（陳毅航）

簡評

短文中，力求語句精美之外，言例事例亦不可少。

題目二

1. 盧梭：人生的價值，是由人自己決定的。
2. 惠特曼：面對太陽，陰影只能在你的背後。
3. 邱吉爾：能克服困難，則困難即化為良機。
4. 托爾斯泰：自信是生命的力量。
5. 美國總統威爾遜：人因夢想而偉大。

請以上列數句格言其中一句，為文章的開端，續寫出一則與格言看法相關的文章。文長300字以上，可不分段，不必命題。

作法說明

續寫類題目必須依規定作答，雖然常要求的字數不高，與問答題的感受相仿，然仍是一篇正式文章，最好仍分段以對。續寫最重要的是看清楚題目中的限制與規定，如本次的遊戲規

則要求「必須以所擇選的格言為開端」，因此將格言置於文章任何位置都錯誤！

範例一

俄國名作家托爾斯泰曾說：「自信是生命的力量。」不僅如此，自信更是努力的泉源。

古今中外，有許多名人，都是因為擁有自信才立下汗馬功勞，闖出一番事業。試想，如果關雲長沒有自信，哪能殺華雄、斬顏良、誅文醜？要是張翼德沒有自信，哪能嚇阻曹操眾多追兵於長阪橋？假如諸葛亮沒有自信，哪敢使出空城計，讓司馬懿大軍撤退？倘若麥可喬丹沒有「吾一人而往之」的信念，哪能一統NBA江山，帶領芝加哥公牛隊拿下六座總冠軍？自信是成功的要素，可以幫助我們逢凶化吉、化險為夷，甚至反敗為勝。

反之，沒有自信，等於缺少奮發向上的動力，不但泯滅希望，更不可能嘗到成功的果實。難怪有人要說：「自信燃起希望之燈！」（馮彥錡）

簡評

文筆順達、取例貼切，遣詞造句具深度。短文以主旨凝鍊為宜，本文末段才轉出反面看法，既無篇幅擴充詳述，也易打擊讀者，將前文所引發的士氣一潰而散。

範例二

邱吉爾說：「要克服困難，則困難即化為良機。」這句話

意謂：我們若遭逢困難而不被困難打敗，這個困難將激勵我們，成為成長的動力，則困難便化為良機；但如果我們無法克服困難，我們將一直身陷於困難中，這個困難不但不能化為良機，反而會成為我們成長的阻力。

　　在人生的旅途中，你我都會遭遇無數的困難和挫折，不向這些困難及挫折屈服的人，將會激發出潛能和意志力，使我們更加奮發圖強，更加茁壯成熟，無形中也增強應付困難的能力。唐詩人裴休有詩：「不經一番寒澈骨，怎得梅花撲鼻香？」德國音樂家貝多芬於廿七歲時，聽力漸漸衰退，但他以堅強的意志力克服這層困難，創作出人心震撼的第五號命運交響曲，那便是他不屈不撓，不向困難妥協的有力自白。

　　良藥苦口利於病，困難誠然是一帖協助我們成長的最佳良藥，只要我們不畏苦難，將這帖良藥服下，便能化困境為良機，這也是邱吉爾的語句所要闡述的道理。（蔡維德）

簡評

　　續寫短文以三段最佳，論說文體議敘兼顧最宜，取材應同時具備言例事例。本文處處符合要求。譬喻與引語皆能切合題旨要求。

十三：短文寫作集錦

✎ 題目一 ✐

八十九學年度成功高中第一次模擬考作文題

說明：

根據最近的一份調查顯示：如果在「學力」與「學歷」中要作一個選擇，世界上有百分之五十二人會選擇「學歷」；但包括：美國、西德、英國等許多歐美已開發國家的人，如比爾蓋茲，選擇創業而非「學歷」，很多人希望擁有「學力」而非「學歷」。

如果讓你在兩者間選擇其一，你會選什麼？請寫一篇二百字左右的短文，說明你的選擇與理由。

✎ 作法說明 ✐

這一個題目請學生試讀一段引文之後，作部分擇選，並說明理由。所以，必然以「自己為什麼選這樣」為主旨，不可以只泛舉他人的選擇。短文必須有頭有尾，即使不必分段，形式依然必須完全比照長篇文章的要求。

作文可以呈現出一個人的個性與人品，寫「在現實社會中人們必需努力賺錢滿足自己的慾望」與寫「選擇學力是我對自己未來建構世界的堅持與反抗」兩者相較，人品高低立即呈現。

選學力的，可以用「學歷未必與能力成正比」、「想要走出自己的一片天」、「學歷只為了盲目的追求成績」、「學力是學習所得的實用成果」、「單只有一張文憑沒有刻苦勤學得來的能力，徒然只是欺騙世界和自己罷了」的理由；選學歷的，則可以用「學歷是用人的指標」、「高學歷等於高能力」、「學歷是進入工作領域的門檻」、「有學力者未必能有如比爾蓋茲的際遇」當原因。

其實「學力」只是與「有形的學歷」相對比的「學習所累積的無形的能力」，未必一是一非，更何況有學歷未必沒有學力，二分法未必合用於這一個題目。

範例一

在現今這個講求包裝的時代，我想，「學歷」會是我當然的第一選擇。在工商社會中，包裝是使人下決定的最高準則；主要錄用一名新進員工之前，最先考慮的必然是「學歷」——你不用花時間了解他的生平或刻苦自修的經過——學歷就是人最佳的包裝。即使這個想法太現實，但亮麗的學歷包裝確實是推銷自己進入社會的好方法畢竟能夠取得好學歷，也不至於是個草包。（郭庭翰）

簡評

以包裝與內涵談論，全篇意念統一。

範例二

「學歷」與「學力」二者，我會毫不考慮的選擇學力。為

什麼呢？學歷是死的東西，充其量只能代表一個人曾在那裡讀過書而已，並不能完全証明一個人的能力。電影心靈捕手中有一句話：「你用一萬美金在哈佛大學買來的知識，我可以用一塊錢在圖書館得到。」說得真好，高學歷並不能與高學力畫上完全的等號。（周志豪）

簡評

選擇學力的理由在於個人「能力」的表現，理由充分。

範例三

要是讓我在「學歷」及「學力」間作一個選擇，我會選擇「學歷」。因為學歷，讓我的求學有一明確目標，自我投入求學行列至今，在學習過程中，不但讓我體會求知的樂趣，更發現了自我的興趣與能力。雖然比爾蓋茲曾說：「我沒大學學歷，但我錄用的人都有大學以上的資歷。」但是舉世比爾蓋茲只有一個，但他手下何止千百？我認為，一個人在心智尚未成熟之前就選擇學力，那是一種不成熟的逃避做法，試想：現今多少年輕人此刻正在街頭無知的徘徊，他們當初何嘗不是信誓旦旦的說著自己追求能力鄙視學歷，不是嗎？因此，選擇學歷，是必然也當然應然的選擇。（許正揚）

簡評

看法公允，對「選擇學力」者，有一針見血的批判。

範例四

古人說：「華而不實，難矣哉！」一個真正有才德的人是不怕不被賞識的，但若空有其表，即使比較容易被發覺，但在「路遙知馬力，日久見人心」的時間考驗之下，終究難有作為。對我而言，學力是勝於學歷的，因為學力是腳踏實地，一點一滴累積的，不像學歷必須天時地利人和的配合，變數太大。人生在世，凡事本應求務實而不現實，我希望擁有學力，一步一步穩紮穩打的累積自己的才能，進而培養獨立積極的精神。（沈俊竹）

簡評

強調學力的「累積」，很見個人的求學堅持。

題目二

八十八學年度公立高中第二學期第一次聯合模擬考作文題

人看了一輩子自己的裸體，仍不相信裸體的樣子，所以一有機會看到別人的裸體，總目不轉睛，儘管常裝作根本沒什麼，或什麼也沒看到。（隱地　爾雅叢書十句話第五集）

閱讀上列引導短文後，請寫一篇200字左右的文章。（引導短文可以參考，但其字句不宜抄錄。）

作法說明

只談引文所述及的部分，便窄化了自己的文章內容，如何脫離受囿又不會偏離主旨，可是一項學問呢！

這一篇談到「裸體」的內容，同學們往往會從「不道德」的角度批評，然而短文有字數限定，一味的批判人性，批判社會現象，既不健康，也失之偏頗。

✒ **範例一** 🖋

看不見的東西，就像潘朵拉的盒子一般，勾引人們引發極大的好奇。從小到大，人們的好奇心總是時時刻刻展現，想像力也伴隨著好奇心一起出現。走過一道院外的圍籬，就會想要知道籬內的小小天地有些什麼？在月亮的圓缺後方，是不是藏著嫦娥和玉兔？在無底的深海中，有沒有龍宮存在？將金塊一直切割後，為什麼還是金塊？好奇心由想像昇華到了疑惑，人們發明望遠鏡，一窺月盤真相；發明顯微鏡，看見生命最小的隱私。好奇心促進了人類的進步。（張仁耀）

簡評

以「好奇心」為主旨，不牽涉「道德」層面，取材十分技巧。

✒ **範例二** 🖋

常言道：「人間萬苦，以作人最苦。」處在這未知迷惘的競賽中，既不想讓別人超越自己，又不知該朝向那裡跑，於是跟著人群前進。走快了，怕錯了方向，落後了，又怕被淘汰。而大伙又都不敢正大光明地跟著別人、看著別人，畢竟，每個人出發前不也都帶了一幅寫著可以往何方的地圖？只是有的人不想看地圖，有的人看不懂地圖，結果，每個人都好奇別人的

路線，也不願公布自己的。（林佑勳）

簡評

　　以寓言寫寓言，極為有趣；同時以「人性迷惘」立意，具相當的悲憫態度。

範例三

　　人皆赤裸地來到這世上，說實在的，裸露身體的確沒什麼值得大驚小怪。但，除了生為動物的原始欲望外，我們依舊喜愛端詳別人的裸體，或許單純只是為了好奇；抑或者是反射了我們自文明開創以來，從未曾真正彼此了解的，受包裹的心靈。人們希望能夠相互袒誠，卻沒人敢先行解下心靈的衣衫；這真是矛盾。時至今日，裸露身體或許已屬平常，但，我們又看得見誰的赤誠之心？（黃亦農）

簡評

　　由「裸體」入手，以「見不到赤誠」反詰，對人世的期盼可見。

題目三

八十八年公立高中第二學期第一次聯合模擬考作文題
　　古語云：「飽德之士，不願膏粱；聞譽既施，奚須文繡。」意思近似「士志於道，不恥惡衣惡食。」你能否舉二個例子說明吾輩學生如何抗拒名牌名利的追求，過一個素樸清純的青少年生活？（文長約百字左右）

作法說明

題目要求寫出如何抗拒，便不可以寫「浪費之不宜」、「節儉之必須」等重點。要注意題目限定：如此篇要求約一百字，便不宜寫超過一百五十字；如本篇要求舉兩例，便不可以不舉例。

短文必須有頭尾，即便要求舉兩例，也不可以用簡答題的方式回答。同時也要留神，書寫作文之時，未必需要「據實以告」，以這一題為例，如果直書「我本身就是愛慕虛榮享受名牌的當代青年」，試問後文應如何發展呢？

至於方法論其實也不宜當作例子，比如「養成儲蓄的好習，把大部分的錢存起來，就不會花在買名牌之上；把多數時間花在課業上，少看電視少逛街，也可以減少與名牌接觸的機會。」這種方法極好，但是仍然不是什麼「例子」。

範例一

「衣錦褧衣」，古人為了怕自己穿得太豪華，還加一件素單衫在外呢！穿得樸素又如何，衣物只要實用就好。司馬光一再為後人稱揚不也在於他的成就而不是他的衣著嗎？充實自己的內涵和素養吧，內在比外貌重要。（葉志豪）

簡評

言例事例並用。

範例二

「士志於道，不恥惡衣惡食」最好的表現，非顏淵莫屬；陶淵明不爲五斗米折腰，日子清苦仍自得其樂。他們的快樂來自於內心「坦然，不以物傷性」的修爲，我們只要充實自己的精神生活，便不會老是汲汲於名利了。（吳偉瑩）

簡評

真正自信的人，並不需要名牌壯膽！

十四：命題作文集錦

題目一

金錢

作法說明

論說文能否讓人信服，關鍵在「理」。所以中心思想必須確立。比如〈金錢〉這個題目，可以寫「金錢的力量」、「金錢對社會人心產生的利與弊」看自己想從那個方向著手皆可，就怕說了個歪理，或是多頭馬車，前後矛盾，都是毛病。

「道理」不能空口說，可得有充分證據，因此必須有「事實」爲證。「事實」除了社會現狀，歷代史實之外，你生活點滴，與題旨有關的小故事，名人聖哲的金玉良言，中外古今的

格言詩歌都可以是使用的材料。如：「西方諺語：『金錢是罪惡的淵藪！』」（吳冠德）「孔子曾説：『富貴於我如浮雲。』李白也説：『千金散盡還復來』。就是要提醒大家不要被金錢所奴役。」（林謙）「『君子寡欲，不役於物』是面對金錢一個最好的態度標準。」（張傑榮）「甘地説：『錢是不祥之物，但我永遠無法擺脱它。』這句話説出他的見解，也道出他的悲哀。」（蘇家緯）

　　再不然，可以將使用的素材多些生動的描寫，也可以為文章加些力量，如：

　　「因爲我們習慣地以金錢爲秤來衡量物品，也因此逐漸喪失是非對錯的道德觀。」（林佑勳）「古時雄霸歐亞非三大陸的亞歷山大大帝要他的部下在他死後，將他赤裸的放進棺木，並將他雙手張開，藉以告訴後人：不管一人生前多顯赫，也將赤裸裸離開人世，雙手無法留住任何東西。這是不是能夠給予我們足夠的啓示呢？」（林謙）

　　「王永慶在回憶錄提出『我這一生的興趣就是賺錢。』因此他不停累積財富，造就現代的台塑王國。周人蔘也白手起家，努力賺錢，卻因走錯賺錢方向，弄得身敗名裂，落得吃牢飯的命運。」（袁啓楠）

　　準備幾個生動的比喻也是具體的手法，除了令人了解，便能讓人驚佩作者思路的巧妙，如：「自己有時常常在想，若這世上沒有了金錢這玩意兒，那我們的周遭不知會變得怎樣。無可否認的，若有一個函數叫『社會問題』，把它從古埃及時代積分到西元二〇〇〇年一月二十四日，得到的值一定是『金錢』。」（呂勁毅）

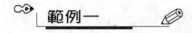

範例一

金錢　陳瑞成

　　自古以來，金錢一直是日常生活中不可或缺的物品。從人類生存在這個世界上，捕捉野獸為食物之後，慢慢地有了以物易物的交換物品方式來取得自己所沒有的，更進一步，有了金錢的產生，人們用金錢來衡量貨品的價值，便於計算與流通的性質更使金錢在人類歷史上有一席之地。

　　俗話說：「有錢能使鬼推磨。」金錢雖非萬能，但沒有錢卻是萬萬不能，金錢真的那麼重要嗎？那可不一定，且看我們心中的那一把尺對於事物的衡量。陶淵明不為五斗米折腰，過著簞食瓢飲的日子，但是他也怡然自得不為外界事物所惑，自適於一小屋內，過著與世無爭的生活，偶而縱酒唱歌，倒也不失逍遙自在。

　　但是，放眼現今社會上，「貪」似乎成了人心幕後的操縱者，子曰：「君子愛財取之有道」，但是「君子固窮，小人窮斯濫矣」。又有幾人能夠視富貴如浮雲，一點也不在乎呢？水能載舟，亦能覆舟，為了錢，有人什麼事都做得出來，甘心成為金錢的俘虜，逃不出金錢的牢獄。

　　其實，金錢乃是身外之物，倘若我們能夠修養德行，致力於品德上面，那麼，便可以不受金錢的左右，直道而行了。

簡評

　　主旨清楚，論點正當，尤其二、三段的取材用語和其他同學的取材具相當區隔性。

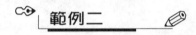

範例二

金錢　詹林峰

　　古聖賢曾說過：「君子愛財，取之有道。」金錢，人人都愛，人人都想。它也許是萬能的特效藥，也可能是家破人亡，親人反目的毒藥。只有取之有道，善用節流，才能遠離金錢可能帶來的災禍。

　　很多人都想一夜致富，羨慕有錢人出入豪房，但卻不知道他們背後其實有不為人知的汗水及辛酸。金錢，它可以是使人立志、發憤圖強。它使人們知道要上進，有所努力。金錢，它也代表了努力過後才得到的收穫，像是豐碩的果實，更讓人感覺到辛苦，總算有了代價。西方有一句諺語說到：「金錢即是力量。」世界上大部分的東西都是可用金錢買的，拿破崙在出兵時曾說過，「如要打勝仗，只需三樣東西，第一是錢，第二是錢，第三還是錢。」也可見金錢的影響力有多大。

　　然而，金錢卻不是萬能的，它不僅買不到一些東西，甚至更會引來殺機。其實，這些負面影響都源於人的貪念。當我們在物質上、金錢上求得溫飽後，是否依然貪婪不知足？抑或能夠多重視心靈生活？司馬光曾說：「君子寡欲，則不役於物，可以直道而行。小人寡欲，則能謹身節用，遠罪豐家。」所以我們千萬不可以貪。

　　我們年輕人更要不受金錢迷惑，努力修養內心，尤其在以正軌取得金錢財富之後，更要想想社會上許多挨餓受凍的人，讓社會均富均足，我們的心靈也將更美好富有。

簡評

　　第一段談金錢的利弊，說明「取之有道」才能趨吉避凶。可惜後文未有「有道」所指的方法加以說明。第二段談金錢的力量，引語與取例十分有力。第三段以司馬光的話談及戒貪的原則。末段則以年輕人的方向作為期許。將前三段的「取財有道」，「不因錢成禍」的說法綜合，更推出「使社會均富均足」的新方向，整體完足。

範例三

金錢　林偉斌

　　隨著年紀的增長，金錢幾乎已完全取代了兒時糖果對我們的意義，成為另一塊磁鐵，另一種誘導物。不可否認的，在這功利主義至上的社會，名、利已然成為評定一個人價值的工具。然而，在這超過十億人口的社會，想要獲得名位實在不是一件容易的事，因此，退而求利就成為眾多人追求的目標。

　　在報章雜誌上，在電視媒體上，在街頭巷尾的抬槓話題中，總離不開「錢」這個主題：某候選人又Ａ了多少錢、股市大漲、油價調升……，這些議題大家早已耳熟能詳了。在日常生活中，錢的用處的確很大：電要錢、水要錢、吃飯要錢。一國的強盛甚至掌控在它的經濟實力，這些在在顯示金錢的重要性。

　　「有錢能使鬼推磨」，是的，有了錢，真的可以做很多事，更可以「方便」的做很多事。呂不韋用錢可以使一個潦倒、無能的秦國質子成為秦王，更造就了後來的秦始皇；弦高用錢可

以使敵軍退兵。現代呢？有錢可以辦報左右大眾思想；美國不也用經濟制裁逼使伊拉克曲屈服嗎？

但是，有錢真的很好嗎？金錢真的萬能嗎？有了錢，必須每天膽顫心驚地守著它，必須請很多保鏢保護，你走到那，保鏢跟到那，真沒自由。用錢，買不到朋友，所謂「談錢非朋友，翻臉不認人」；用錢，買不到真愛，買不到疼愛自己的親人。

錢，是一個生活必需品，但絕不是萬靈丹。它就像是嗎啡，使它成為止痛藥或是毒品，全在於使用者的心態。唯有好好使用，謹慎管理，才能讓金錢發揮它最大的效用。

簡評

主旨清楚，論點正當，論述主題與大多數同學相同，但是能用諧趣的俚語與歷史事例，讓文章的分量高於常態。

題目二

選擇

作法說明

這個題目屬於表現自己「理想與價值」的作文題型，可以寫出「生命中面臨選擇的必然」、「選擇對於個人甚至大我的重要性」、「面臨選擇必要掌握的原則」、「選擇之後的處理態度」等等，不論那一個議題，皆可以藉由自己的文字表現出這名作者對於生命的看法、對於人生的取向等等，是一個相當重要的、表達人生哲學的題目。

如果只寫到作者自己選擇的重要性，那畢竟易受十八歲生命軌跡太短的限制，文章必然不夠深刻，不夠宏觀，所以，如果能夠取材中放些「個人的選擇，卻引發出群體生活改變」的取材，便可以使文章氣勢非凡。

範 例

選擇　范曉雯

班超投筆從戎、陳涉棄農抗秦、項羽撕書持兵法，無一不是選擇的結果，一念之轉，改變了一個人，甚至周遭人的生命。

每一次的選擇，便是人生路的一次重新出發。人生的路，魚與熊掌真的無法兼得，惟有經過深思熟慮才能下定出最圓融的選擇。秦始皇在唯我獨尊的誤判之下，焚書坑儒，成了一個歷史的罪人；拿破崙自大得不肯多作軍情研究，在冬季進攻俄國，嘗到他的第一次敗績，也使浩大疆界毀於一夕。少了好的思考與仔細的研判，絲路只會是浩瀚沙漠上無終點的一道悲涼足印！

楚狂人接輿對著孔子吟誦著：「鳳兮鳳兮，何德之衰！」；魯守門官暗暗批評著「知其不可而為之！」在群雄割據、社會動亂的戰國時代，隱士賢者各有其選擇，孔子選擇了周遊列國，鼓吹和平，他將自己的生命以汗水沾著不懈寫在青史之上，成為至聖素王，而選擇安全隱居的賢者則安全的存活於當代，最後無情地被時代巨浪推沒，沒有完成自我的機會。

選擇的難度甚且次於「堅持」自己選擇之路的難度。居里夫人在惡劣環境之下，堅持自己的抉擇，最終成了十九世紀最

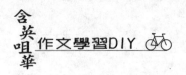

偉大的女科學家；孫文先生相信自己的抉擇，終在廿世紀為漢
民族掙得一個民主自由的社會。抉擇只是在選擇題中攫到答
案，必須懂得順著這個方向不再畏縮、直直前行，才能為自己
的生命找到一個座標。

題目三

面對生命的難題

作法說明

　　這個題目必須同時注意「面對」、「生命」、「難題」三個
詞。首先，對「生命」的解讀，必須是包括具體的「生活層面」
而且也要有超越生活的生活態度，更必須能在深度及廣度上，
超越有限可見的生活。

　　其次是態度上，必須有積極的取擇，才能合乎「面對」一
辭。至於「難題」則是從生活上找尋，找出一些很難面對，很
難取擇，一旦選擇定之後，生命也將改觀的關卡。

　　同學們可以由個人的生活難題寫起，再廣及歷史上有名的
面對生命難題時的態度；可以寫與自己相同的，也可以寫與自
己不同的。也可以完全由各種不同的面對態度寫起，再歸結出
適合自己所需的。除了寫個人的難題外，更要注意解決難題的
方法不同，對社會人類的影響有何不同。至於舉植物及昆蟲為
例，更可以取東方或西方的神話故事活化自己的文章。

範例一

面對生命的難題　　褚伊哲

　　人從一生下來，就開始步向死亡，任誰都無法逃脫這個宿命，但是，在有限的生命中，創造出無限的成就，一樣也是每一個人都在追求的。有人說：「生命只有一次，無法重來。」既然如此，我們就應該讓自己的生命走得順暢、完美。

　　人生於世，有誰不曾被石頭絆倒而受傷？有誰不會因失敗阻礙而感受挫折？俗語說：「從那裡跌倒，從那裡站起來。」如果連這點勇氣也沒有，那我們要如何面對今後更大的挑戰？如何讓自己順利地走完屬於自己的生命？我想，這個可能才是每個人生命中最大的難題吧！

　　驚濤駭浪能夠造出美麗浪花，高溫高壓也能夠迫出閃亮鑽石，那麼人生路上的崎嶇，是否可以粹煉出成功的人？是的，每個人都會跌入逆境，此時，我們就該堅持地面對，用智慧使自己再次衝上雲霄。托爾斯泰說：「決心就是力量，信心就是成功。」即使有時費盡心力卻徒然無功，可是峰迴路轉，便能柳暗花明！湍急的洪流，碰上了擎天高山，也懂得迂迴轉向，所以有了鬼斧神工的長江三峽。而我們面對問題時，如果換個角度向前衝，終可遇上浩瀚成功。而這成功必須有個前提——堅持。輕言放棄絕不可能因禍得福！

　　幾年前的周大觀小弟，與癌症抗戰多年，即使最後死神仍降臨，我們從他的身上仍學到許多：不管何時何地，儘管我們遭遇到多大的難題，雖然不是很容易就能克服，只要有勇氣，還有希望。

　　所以，我們時時刻刻都要存著勇氣，只有勇氣才能化解難題，只有勇氣才能讓我們順利地走下去。在這一條有如海上小船的人生上過程中，讓我們勇敢地突破生命難題吧！

簡評

　　首段以珍視生命為題，冒題而寫，使得全文起筆便有特色。事例言例搭配得宜。全文皆以「勇氣」為主述要點，主旨一貫。

☞ **範例二** ✏

　　　　面對生命的難題　　周景荃

　　月有陰晴圓缺，人有旦夕禍福，在這世界上沒有一個人的人生是一帆風順的。在我們人生的路途中，有高山，當然也有著深谷，若你沒有辦法爬出不見天日的深谷，就無法登上高聳的山巔！

　　我們生命中的難題，就像是社會上的一只篩子，為社會去蕪存菁，想要通過這只篩子，除了面對它、積極向前迎戰之外，別無他法！周大觀雖身患癌症，依然不屈不撓，面對生命給予的挑戰，自信地說：「我還有一隻腿！」因為他能勇於面對生命的難題，才能留下許多作品，為自己的生命留下了不可磨滅的痕跡。在這世上身患絕症的人何止萬千！但能勇於面對的人卻少之又少，放棄面對痛苦，你就放棄了生存下去的機會！

　　面對生命是堅強的開始，美國的海倫凱勒女士，從小耳聾、目盲、聲啞，但長大後成了舉世景仰的教育家與文學家。原來逆境是最好的教育，也唯有經歷高溫高壓，才能製出光彩、奪目的鑽石！面對生命的難題時，別想它有多困難，前方的路有多艱辛，只要使勁向前衝！

　　生命難題的厚牆不是輕易就能突破的，一而再、再而三的挫折往往使我們失去奮鬥的希望，但是哭泣並不能減少昨日的悲傷，只會削弱明日的力量，我們何不換個角度想一想？或許又可再度燃起我們心中的鬥志。

　　無論黑夜多麼漫長，白晝總會來臨；漫長的嚴冬後，就是生意昂然的春天，只要我們堅定信心，積極的面對生命的難題，一定能夠獲得勝利的果實。

簡評

　　妥善重組手邊資料，文章結構完善，文句順暢。前三段以反面口吻作結，後二段以正面筆法收束，前低後揚的方式，極具光明與積極的安排巧思。

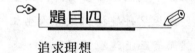

題目四

追求理想

作法說明

　　「追求理想」是以動詞主控的題目，必須要把握「追求」那種積極的態度與光明的層面，因而，太過負面的取材不宜太多。

　　高三的生活，似乎只有一個「考大學」的理想可以談，但，如果只談了這個理想，就將文章窄化了。所以，「統體」層面，使得整個社會都因追求理想而進化的議題必然比只談到「眼前的現實理想」要來得大格局許多。

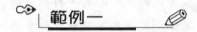

含英咀華 作文學習DIY

範例一

追求理想　林佑勳

「如果有朝一日，你發現一家比你更大的鋼鐵公司，那必定是我經營的。」這是一位出身寒微的年輕人遭美國鋼鐵退職時，對著該公司董事長半賭咒語氣下所發的豪語。當時他缺乏資金，又無任何土地，但在他的熱忱和雄心之下，竟然讓考賽克鎮這名不見經傳的小鎮，從平凡普通的村落搖身一變成為美國的第二鋼鐵中心。

那位打破美國鋼鐵公司獨霸市場的，便是國際鋼鐵公司的創始人——威耶。草莽間自有英雄在，任何人都有機會躍過龍門！小時候，我們不也曾拿著掃帚當長劍，幻想自己是一統天下的漢王劉邦，叱吒風雲的江湖豪傑？我們不也曾在作著簡單實驗時，幻想自己是愛迪生、愛因斯坦？每艘揚帆欲渡人生汪洋的船，都載滿了希望和期待，然而真正抵達理想終點的，怎麼寥寥無幾？是遭狂風暴雨打翻，抑是遭冰山暗觸沉沒？

其實，未能抵達夢想目的地，多因為個人屢屢「破例」優待自己，以為有充份的理由讓自己稍稍墮落一下，沒想到錨越來越常停駐，風帆越升愈低落，有些人終其一生，只能停佇在大海之中；有些則一改初衷，靠岸停泊久居休息站，不再向前。

安貧守分固然不是壞事，但缺乏積極、強烈渴望與追求更進步的熱忱，將使世界失去演進的原動力。周穆王曾派人駕八匹千里馬追尋日落之地，可惜中途而廢，否則地圓說的發現者將是中國人；班超亦曾派人西往羅馬帝國，卻只停於波斯灣，

否則中西兩大帝國就能提早交流。如果我們面對未知的領域便止步不前，那麼喪失的，絕對不只有聖賢豪傑的傳奇故事而已。

追求夢想需要堅持到底，半途而廢是對自己不負責的態度。中道則止的行為，等於宣布自己之前的承諾空泛無價值。只要能努力實踐理想，縱然過程艱辛困難，不也更值得稱頌讚美嗎？伍子胥不正是如此？威耶不也是如此？努力往前奔去吧！遠處未知的領域，有桌豐盛的筵席，別辜負上帝的美意，祂為你訂了席次。

簡評

例證的豐足，展現了文章的力量與作者的內涵。從尋夢的豪壯寫至追夢的堅持，最後以幻想的上帝美宴作結，這種安排，真可稱為曼妙。

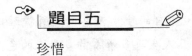

題目五

珍惜

作法說明

「珍惜」是柔性題目，如果能用很多生活周遭的事例將題目完整烘出，必定比說一大串話「要求他人要懂得珍惜」更有力量。生命中，值得珍惜的東西太多，感情、生命、時光、國家……如果能夠各例皆舉固然充實，但若少了統整，反而紛亂不整，不如在首段寫在自己的生活體驗中，最值得珍惜的是什麼，這便是「寬題窄作」的方式。

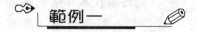

範例一

珍惜　陳欣立

　　人生有如鐘擺，往復於痛苦與快樂之間；在這兩個極端之間，有多少人懂得珍惜生命？從青少年自殺的案件層出不窮可知，在現今許多青少年的眼中，生命是滄海一粟，陌上塵埃，不值得珍惜。他們未曾想過，即使一個平凡的人可以創造出不平凡的生命，為宇宙開創出更燦爛蔚藍的天空，而短視的孩子卻衝動地，只為一點小挫折就放棄生命，何其可惜？珍惜生命，便是美化人生的源頭。

　　「夫天地者，萬物之逆旅，光陰者，百代之過客」，除了珍惜生命之外，珍惜光陰乃是豐富人生的另一潤滑劑。陶侃之賢珍惜分陰，稍有閒暇，便運磚習勞；祖逖夜中聞雞起舞，惜陰常早起，心懷報國之志。他們都懂得惜陰珍時，也因此成就了一番事功，得以名留青史。

　　就如廣告詞「今日的珍惜，明日的生生不息。」所提醒的，珍惜就好似畫家的顏料般，為人生再多增添許多動人的色彩，令生命充滿了更多的意義。俗話說得好：「一粥一飯，當思來處不易；半絲半縷，恆念物力維艱。」既然萬物皆得之不易，我們豈能不知好好珍惜呢？

　　「花有重開日，人無再少年」只要懂得珍惜光陰，也就能夠珍惜生命的發揮。

簡評

　　將各種值得珍惜的事物，並列而寫，取材切當，可惜最後

收束未能將三段皆做一個整理，如果加上一些對於珍惜本題的詮釋，並加上對前三段的統整，文章必可更周全。如：「懂得珍惜是開創美好明天的鑰匙。『花有重開日，人無再少年』只要懂得珍惜光陰、珍惜物資，就能夠珍惜生命的發揮。」

主題作文

主題作文一

自傳的寫法──認識自己

　　教授高三的國文教師必定有「為學生批閱自傳」的經驗，那些為了各大學推甄或申請所需而急就章的文章，實在難於閱讀。然而，如果到了下學期，在學生「急迫需要」提交自傳時才開始教導他們這些寫法，仍會出現捉襟見肘的窘狀。筆者在今年試著「提前」為學生準備自傳，我們花了一個學期，將自傳分為四個部分、八大單元。最後一部分，由學生自由交稿，可以在寒假以電子信箱傳出，也可以在下學期開學時再交出。將這八大單元加以組合，一篇完整的自傳便完成，然而筆者發現學生最大的收獲不僅只在於「這一篇呈交大學的自傳」，更在於他們努力且周延地學會開始「認識了自己」！

　　整個的寫作設計，包括了書寫前的課外閱讀、提供題目，以及書寫後的佳文介紹與寫作說明。

　　提供的題目以「時期」為限，可以是某一個時期中的任何一個小項目。

【自傳】首部曲

課外閱讀建議

　　作者：席慕蓉　　書名：人間煙火　　出版社：九歌出版社

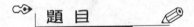

我家的祠堂、祖居、祖訓……

我的童年：記憶最深刻的一件事、最愛參與的活動、愛不釋手的一本書……

將「自傳」的第一部分定位在對祖先的追憶與對童年的追思。其實是對自身血脈的一場溯源，對「自己成為現在的自我」原因的一種探究。「我是誰」往往必須關涉到「我從那裡來」以及「我怎麼成就自己」的兩個層面。所以很鉅大龐碩地將題目丟給同學，而靈敏的同學們，也不令我失望的，呈現了很豐碩的溯源與探究。

佛陀說：「人身難得。」

蘇格拉底說：「認識你自己。」

希望同學們在首部曲的思考與文字之中，體會到一點點自我的價值以及生而為「我」必須有的謙卑與自豪。

然而，不可避免的是，同學們寫到祖先或長輩，就囁嚅難言，而寫到自己的童年卻又一發不可收拾。前者或許因為「從來沒認真的想過」，所以拉雜的扯著自己能夠找到的資訊，卻忽略了「必須與後來的自傳」相連結的使命。

而後者則或許因為每一個時間空間都有生命，可以長久隱沒，也會突然顯現，而那些平日不露痕跡的記憶，在交作文之時，重現了當年的溫度與濕度。寫得好的大有人在，但被老師刪改的也不少，因為東西一多，情感一亂，就難能全數取入自

傳之中。席慕蓉記憶廣場篇前詩：「斜陽裡　人群散去／鑲著金邊的昨日開始／如層雲般湧來　並且沿著／這灰暗的廣場向四周延伸鋪展／多麼貧乏而又豐美／空虛而又滿盈的往昔啊」或許每個人的童年都豐美到不捨割棄，但只要現之於文，就得注意剪裁！

✎ 範例一

　　我的先人渡過險惡的黑水溝，脫去了乾隆盛世的德澤，如遺民般流落於布袋嘴。先人在祖田中，付出血汗，留下了家族的姓，和牌位上斑駁的名。那一塵不染的祠堂，自有因尊敬而生的莊嚴。先人的驚濤駭浪我難以體會，在我家的祠堂，我感受到「番薯不驚落土爛，只求枝葉代代傳」的堅持。（李典璋）

　　——以先人來台的大概，點出自己能夠傳承延續的血脈。

✎ 範例二

　　祠堂，承接著過去與現在，見證了歷史滄桑與歲月無情，多少先人們的豐功偉業在這兒等待著後代子孫來傳承。抱著肅穆的心情，我緩步進入祠堂，昏暗的燈光，供桌白煙裊裊，看著祖先們的牌位，好似聽得祖先的喃喃叮嚀。祠堂內，牌位前，燃盡的線香仍兀自站著，我的心隨著搖曳的燭火，搖曳。（張維哲）

　　——以祠堂的功能寫著對自己的期許，末尾以景代情，十分巧妙。

範例三

　　持著泛黃的照片，記憶瞬然跌回小時候，在雜亂的思緒纖維中，出現的總是那一個西瓜皮小毛頭的背影，面對一張白紙，構思著自己的燦爛多彩；或是一個瘦弱的身軀，望著繁星點點，探索宇宙的奧秘。熱愛自然，出自對生命的憧憬；喜愛繪畫，源於對美的眞誠感動。童年的往事，像雨點灑落在琉璃瓦上，隨時叮咚的響著。（蔡凱宇）

　　——兩個重要的生活重心，隨著美語呈現。

範例四

　　童年時期，學校是我小小的城堡，我像學校的小小領主，校園中一草一木我都瞭若指掌：春暖花開時，最合適在後遊樂場嬉戲；天氣炙熱時，可以窩在圖書館享受冷氣；秋高氣爽時，緩步在種滿千層木的長廊；冬天呢？衝去福利社買個有趣的暖暖包！最爲深刻的一幅記憶是在操場旁的小沙坑玩累了，我們全躲在沙坑旁，像向日葵一樣，望著太陽，望著天。（林志翰）

　　——稚氣的童年，以四季寫及生活概況，而「向日葵」具光明未來的象徵，極佳。

【自傳】二部曲

課外閱讀建議

作者：張大春　書名：聆聽父親　出版社：時報出版事業有限公司

✐ 題 目

家人，父母親以前對你的期望……
最記得的藝文活動，最愛的休閒娛樂……

✐ 說 明

　　將「自傳」的第二部分定位在對家人的描述與休閒與藝文的看法與作法。我們是誰？不但取決於基因，也取決於學習，而最初的學習處所，便是家庭，所以我們的家庭與家庭是使我們「變成當前這個自己」的重要元素，同學們雖然受限於字數與時間，難於用多重的例子說出自己與家人的相處，倒也多少表現出自己對家庭的依賴。

　　而可惜的是同學們所寫的家人，怎麼都一個樣子呢？好像樣板刻出來的。好一點的文章，則提供歡樂與憂愁，但也未必具有值得咀嚼的深度。同學們忘了透過最細微末節的地方將家人的愛表現出來。結果每個爸爸都一樣，每個媽媽都一樣。好像用「複製」完成的不同篇目。說人寫事，都要有具體的形象與事件，才能描寫得宜。同學們必須多看一些名家作品！比如

朱自清的〈背影〉一篇，信手拈來的那件事，其實是日常多少的觀察與反省才能下筆將父親肥胖縮頭側身攀月臺的背影再現！

而後者的主要目的呢？當然是在於說明「你透過什麼活動成就自己」。

學校的教育，眾人差異不大，可以自主的比率也很低，但是藝文活動則不然，多半來自「自選」，所以這些自選的東西可以充分表現出同學們的靈魂。喜歡搖滾樂的與喜歡古典音樂的當然動靜有別，難忘東方女子樂團的表演或是最愛踢踏舞表演自然也有生命不同的取捨。

比較可惜的是，身為中華民國的高中生，你們的藝文生活似乎貧瘠得令人同情，但想想我以前的高中生活，大概也是這麼樣，也似乎不能怪罪大家。所以，每個「最難忘」的記憶多半出現在某個課堂之中，也就顯得格外地值得原諒了。

同時，我希望同學們在創作時，不要忘了自己在寫的是一部分的自傳，也不要忘了你的對象是那些對你們並不熟悉的審查委員，所以口吻態度，請更嚴肅些！

範例一

我有三個可愛的家人，個性未必相同。直接開朗是我父親的行事風格，我也因此有了果斷的態度；細心的媽媽總在我生病、失意時，給我溫暖的安慰，她的座右銘是「助人為快樂之本」，有了她的影響，我在做人處事上更為圓融；活潑開朗的妹妹是我家的開心果，她每天逗趣搞笑，讓人可以提起精神面對每天繁重的工作；我覺得我很幸運可以擁有這些家人，我想

他們對我的影響是顯而易見的，有了他們才有今日的我！（廖文軒）

——每個家人帶給自己的影響如果能夠列例而出，必定更周延。

範例二

在我空閒時，最喜歡去看古文物展。國小時，爸媽第一次帶我去故宮博物院，原本興奮好動的我，被會場神祕肅靜的氣氛吸引住，嘈雜的人聲，似乎忽然離我千里之遙！一尊石像，不知從前是哪個村落的守護神，庇祐著淳樸村民；如今座立在玻璃櫥窗內，接受人們好奇眼光的膜拜；一把青銅劍，不知是哪位被強制徵召的士兵握著，斬下無恨無仇的「敵」人的頭顱，綠色的鮮血爬滿了整把劍，鏽蝕了愛恨情仇，順便和著新婦的眼淚凝結成斑斑瘢痕。博物館，總是能給我帶來這麼多的遐想和身心的滿足。（吳品瀚）

——對所見的事物描述頗詳盡。（其實也可以加上與父母同遊的喜樂加深了對這個活動的依戀）

範例三

平時休閒的時間並不多，有時，忽然有難得的喘息時刻，我會坐在客廳，將電視轉到音樂頻道，看看最新的音樂劇，最讓我印象深刻的是一首留給你的窗——伍思凱的歌。

音樂劇開始於一串依稀的索鏈聲音，跟著片中男主角的腳步，一步一步走向走廊的另一端。男主角是一名死刑犯，在處決前，向獄官希望在死前彈出最後一首曲子，而那首最後給女

主角的曲子，深深的感動了我。當最後那段音樂揚起，字幕打著：「我的心還為你留一扇窗，等你想起我回來看一看，自由屬於你，愛你就該放手讓你去想去的地方」我的心也悽惻酸楚。

紀伯倫在《先知》一書中，為真愛下過一段註解：「愛不佔有，也不會為人所佔，因為愛在愛中被滿足了。」最後，當一切成了回憶時，即使寂寞倚在她心中的窗前，但寧靜的窗依然上演著往昔的點點滴滴。在感傷的淒涼中，真愛顯得珍貴，是危難中的援手，是黑暗中的光明，是使人危惙間依然可以倚靠的信念。（蕭文雄）

——聯想的文句使故事更為美善；對藝文活動的實況摹寫未若詳盡。

【自傳】三部曲

課外閱讀建議

作者：嚴長壽　書名：總裁獅子心　出版社：平安文化有限公司

✒ 題目 ✐

中學最強的科目、最記得的老師、影響自己最深遠的同學、你最喜歡的一本書⋯⋯

高中生活記實、對學長曾有的震撼佩服、對社會新聞的感想⋯⋯

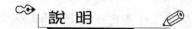

說 明

自傳第三部分的設計，重心在於你們重塑自己的青春時光，這段時光與現在最為貼近，與現在的你們，最為相關，即使所描述的只是已經冰冷的現實，但我相信，一旦回首時，有另一種足以熨貼內心的溫度。所以，讓同學花一點力氣建構青春記憶，讓記憶重鑄你們的青春。

範例一

最讓我放鬆的地方　李天航

高一外掃區是學校的後花園——高大的椰子樹矗立於走道兩旁，低矮的灌木也如士兵般列在樹旁，而眾樹叢間有幾座池塘，裡面住了數隻肥大的牛蛙，每當日正當中時，一定慵懶地在烈日下享受日光浴，有時，我們拿小石頭驚嚇牠們，有些一驚就立即跳開，有些則對這些撞地球的慧星不以為意，只是瞪大雙眼看著，兩方互瞪，一切皆在不言中。

——描寫一個地方，有動景有靜景，令人神往。

範例二

中學最喜歡的科目　高介其

對我而言，由正餘弦函數交織而成光、電、力學理論的物理科，有著無法抗拒的吸引力。時代的巨輪不斷向前推進，物理正是推動巨輪的推手，上個世紀愛因斯坦提出了相對論，這個世紀台大物理系副教授趙治宇提出的物質第五態，都稱得上以物理將科學推向更高的寶塔。舉凡生活中的電器、汽車等，

無一不是建築在物理理論之上的產物，當人們在生活中遇到困難，物理總能適時的出現來解決問題，這是我一直受到物理所吸引的主要原因。

——最吸引自己的科目一定要說明原因，這篇所言，頗有受大師感召的意味！

範例三

我印象最深刻的高中老師　陳柏銘

一抹嬌小的身影，旋風般似的吹到講臺前，迅速俐落的翻開課本，手中的粉筆已在黑板上寫下密密麻麻的數學公式——一堂令人神經緊繃的數學課即將展開。主講者是號稱數學魔女的數學老師，沒有人敢在她的課堂上分心，深怕以後的課沒好日子過。上她的課，猶如進入天堂之門，每次上課之前，總先出幾題經典的資優數學題讓我們絞盡腦汁，當你被叫上臺講解卻遲疑二分鐘，必定獲頒五十題數學題為課後練習，爾後，她便開起機關槍般的嘴，將上課的氣氛引入熱鬧又緊湊的節奏，讓符號與數字轉成一組組的密碼，讓我們的全身細胞，吸收神祕又奧妙的數學知識，讓我們徹底弄懂每個環節與思路，她說：如果不這樣，數學永遠是你最大的敵人。透過她對數學教育的無怨無悔，我洞悉了那片瑰麗的理性世界，開啓了我對數字的興趣，令我迫不及待想走進這個學術的殿堂。

——寫人可謂活靈活現。

【自傳】的Happy Ending

　　當一篇自傳要如實呈現自我之時，不可以少了「外在條件」的描述，比方說同學們的年齡、籍貫、身高、長相等等，這個外在條件，最合適放在自傳的第一段。

　　而收尾呢？自然少不了對未來的期許，比如同學們說明自己最喜愛的科目，最想要就讀某科系的原因，甚至由你們最喜歡的一首詩或一首歌，你們最記得的一部電影結尾呈現，都可謂是一種對未來的前瞻與期望！

範例

　　清晰輪節，透露出飛揚的神采，生性樂觀的我，平淡的看待生命中的不平順，我相信樂觀的人，在每一個危機中可以看到機會；悲觀的人，卻在每一個機會中看見危機。沒有什麼可以使我停留，除了目的，縱然岸邊有玫瑰，有綠蔭，我仍是一葉邁向終點的不繫之舟。期許自己不向劣勢低頭，挑戰生命的不可能。和諧和包容，是我在面對人與人相處的原則，就如同法國作家雨果所說的一樣：「大地是遼闊的，比大地更遼闊的是汪洋，比汪洋更遼闊的是人的心靈。」一個廣闊的心靈，也是一個成功的人所應該擁有的。

　　「風聲、雨聲、讀書聲，聲聲入耳；家事、國事、天下事，事事關心。」身為一個現代的學生，除了專心的唸書，享受書味在胸中，甘於飲陳酒的情懷，也應該多一份入世的胸襟，在那窒息的人文中，尋找一點清新的價值，在繁忙的旅

途，找到了定位，並且培養出自己的第二、三專長，以適應這一個多元價值，求新求變的社會。我相信「努力」是我最好的條件，「負責」是我最好的態度，假若能承蒙錄取，我將以積極的態度及認真的實行，給於最大的回報，交織我生命中最精采燦爛的一段日子，鋪成煙霞絢爛的未來。（蔡凱宇）

——年輕的力量便在於自己的夢想極大，信心極強，本篇於此收束，正閃著這種極大極強的光芒。

【自傳範例】

自　傳　　成功高中　林思言

我的家人

嚴肅但可靠的爸爸，多變卻靈活的媽媽，搗亂叛逆的弟弟——他們就是我一同生活的家人。

我的雙親對我影響甚鉅。

生長在屏東小鄉鎮大學時卻各自北上求學的他們，一向要求我學會獨立。從我懂事開始，每當面臨大大小小的抉擇時，他們總是提供我寶貴的意見，然而，做出最後決定的仍然必須是我。

我常因計較得失而膽怯，媽媽就告訴我「有失必有得」，教我學會不再害怕失去。而在我心生猶豫，躊躇畏縮之時，爸爸說過的「硬著頭皮去做就對了」。這兩句話總能帶給我面對問題與接受挑戰的力量。

祖父的故事影響我的人生觀

記得小學時，曾經為了要交一篇「祖父的故事」的作文，請問爸爸有關祖父的種種，因此我對於原本僅存模糊記憶的祖父，有了更深刻的認識。

祖父是白手起家的男子漢。當年他用努力掙來生活費，在屏東的海邊首度擁有一間小房子。可惜環境的改變極為迅速，海岸線以驚人的速度向祖父的小屋迫近。在某一個颱風夜，巨浪奪去祖父生聚已久的家園。至今每逢颱風夜，爸爸總是微笑中帶心酸地說起從前，談到當年祖父如何帶著家人逃離被巨浪吞噬的家園。

祖父一心改善家計，在巨大壓力下染上吸煙惡習。在我很小時，祖父就已被驗出是肺癌末期的病患。我對祖父最深的印象就是他躺在病床上，身體的各個部位插滿管子。有次，祖父用瘦骨如柴的手握住我，我被他這個舉動嚇到了。只記得他氣若游絲的對我說：「身體健康最重要。」過了幾天，祖父去世了。

我明白祖父對我的期許：健康是成功的本錢、打拼的條件。一個即將離開人世的老人，最後掛念的竟是我這個孫子的健康，這個教誨，何其深切！

我的童年生活培養出我的特質

在我尚未進入幼稚園之前，要上班的爸媽把我託給一位和善的鄰居李媽媽。她非常疼我，常常自掏腰包買東西給我。她喜歡收藏各式各樣的橡皮擦，五顏六色，從鴨子、水果、汽

車、房子……什麼造型都有，裝了滿滿的一個玻璃櫥櫃。而她總毫不吝惜的把這些收藏借我當玩具。我最喜歡用這些精緻的「玩具」建造舞台，上演自編的故事。這對我的創意思考頗有助益。

進入幼稚園，我也很幸運的遇見一位認真的老師。不論音樂、自然、國語、唐詩，甚至鄉土文化，都能正確且有系統的在每天的課程中教授。

由於我有遺傳性的近視，爸爸特地交代老師不能讓我和其他小朋友一樣在等家長接送時看電視。百般無聊的我躲到無人的書架旁，在老師常讀的故事書旁，我發現一些封面極美的科學入門書，從此，每天放學我就窩到書架旁找書來打發時間。漸漸的，原本只是排遣無聊的心態轉變為熱切期待，甚至貪婪吸取，最後演變成近視度數突增，這想必是不讓我看電視的父親始料未及的吧！

遇見多位影響我甚深的老師

在我成長的過程中，很幸運的遇見不少影響我甚深的好老師。

小學中年級的黃郁莉老師會固定在期末送我一本好書，並在扉頁寫上對我的期勉。而高年級亦師亦友的吳燕妮老師和我們相處愉快。她會很有耐心的包容我的缺點，並且私下告訴我需要改進之處。

讀金華國中時，教導我三年的導師林香儀老師，非常注重生活教育。在正值青春叛逆、紛擾不斷的班上，她會告訴我們做人應有的原則和態度。她會定期製作互評表要我們填寫，內

容是寫出同班同學的優缺點。她收集以後，會私下和每個人談論大家對他的評價。從這個活動中，我欣喜的發現我自己都沒發現的優點，獲得自信。當然虛心檢討別人舉出自己的缺點，也使我認清自己、學習改進。

在成功高中的三年生涯中，我又很幸運的遇見了蔡力潔老師。她對教學十分用心，不但每每提早到辦公室批改作業，課堂上也嚴肅不失風趣的利用每一分鐘為我們解析課文，偶爾分享生經驗；也會在大家精神不佳時帶領大家做提神運動。下課時她常個別鼓勵我們，關心大家的狀況。在高三忙碌的日子，她告訴我們對於用功和休閒應有的態度。她不用板起面孔，只是用她認真的態度就使大家對她心生尊敬。我想，除了傳道、授業、解惑，老師對我們的關懷影響我的人生態度。

我的興趣與特長

我對生物、化學、英文一直有很高的興趣。

小時候老師解說的擬人化生物世界，那些自然界萬象總令我興味盎然。我又在那些附著許多精美照片的自然書籍裡面發現了奧妙生命世界的多采多姿。我常懷著讚嘆又帶著敬畏的心情輕輕撫摸那些跨頁的蝴蝶和鳥兒，也曾花了一整個下午在陽光下觀察螞蟻的活動。國中有了正式的生物課真是令我欣喜。我發現原來在那些美妙的生命萬象裡，蘊含著這麼多的奧妙與學問。高中的生命科學和生物課程又大大拓展我的眼界。原本以為國中學的知識就可一窺生命的奧秘，卻又突然發現還有更多的知識等待我學習。而我就讀的成功高中身兼台北國高中生物實驗活體教材供應中心。那條神奇的活體走廊和那有名的蝴

蝶博物館使我高中生活充滿驚奇與樂趣。我們的生物老師都很注重實驗，課本的每一個實驗都進到實驗室進行實際操作。至今我仍難忘初次看到花粉管萌發的悸動，還有初次解剖豬心的新奇。相信大學一定有更多精采的內容，我正期待著呢！

　　化學中各種物質的性質與各式各樣的反應，曾在我幼小時看起來像變魔術般神奇。剛上國小時我偶然發現，把彩色黏土放在炙熱的燈泡上會熔成一灘又濃又黏的半固體，興奮的到處告訴同學。有好一陣子，課輔班的小檯燈被我們弄得都是那些乾掉的熔黏土。後來我又發現把洗手乳和白膠調在一起，白膠不會乾硬，反而呈現一種有趣的狀態。後來老師發現有一大堆洗手乳被我和同學玩掉後，我自然免不了一頓處罰。當時我很羨慕在實驗室中調配各種物質、操弄神奇儀器的科學家。成為一個科學家，就成為小時後的我被問到未來志向時的回答。

　　至於一般自然組學生視為棘手科目的英文，反而是我的興趣。其實說來也算是一種機緣。

　　國小時鄰居中有一位在家授課的兒童美語老師，媽媽幫我報名。那真是一次奇特的經驗。老師的客廳擺著課桌椅，她在白板上寫著好多英文字母。由於她堅持小班制，每次上課每個人都要接受她的一對一測驗，順便糾正錯誤和發音。而紮實的句型練習讓我漸漸熟悉，逐漸成了興趣。直到今日，喜歡英文歌曲和想要不看字幕就能欣賞英文電影的願望，成為我自發學習的動機。偶爾讀一本英文小說，上外國網站結交外國朋友，都使我有和世界接軌的美好感覺。

　　另外，我喜歡閱讀小說。倪匡的科幻小說讓我學習思考和幻想。而再利用學習過的知識，思考書中內容的幻想與現實的

界線，也是十分過癮的。我也喜歡推理懸疑甚至帶些驚悚的小說。一個複雜的謎題呈現在眼前，閉上眼思考著所有線索以期破案，水落石出的喜悅是無可比擬的！其中《沉默的羔羊》一書使我對心理學產生興趣，常常閱讀《科學人》雜誌上有關心理學的文章。《女法醫史卡佩塔》系列也讓我對鑑識科學產生興趣。

音樂則是我生命中不可或缺的元素。從小學習鋼琴的我不會排斥古典音樂。國小時音樂老師推薦的古典名曲我一定會拜託爸爸買CD來聆聽。而國中時，我發現了我最愛的音樂類型——跨界。這是一種結合古典的優雅華麗與流行的甜美近人的音樂類型。其中，我最喜愛的是以音樂劇《歌劇魅影》走紅，後來又以一曲 *Time to Say Goodbye* 暢銷全球的歌手莎拉布萊曼。音樂課時，同學常驚訝我對古典名曲的熟悉。英文聽力課時，歌詞聽寫填空也是我拿手的項目。煩躁感到壓力時，音樂成為我的抒發管道。這一切，都是我對音樂熱愛的證明。

我的學業表現

在剛進入國中時，我還是以國小的心態讀書，以為只要稍微花點心思就可以獲得好成績。不過班上讀書風氣不錯，用功的同學佔了大多數。經過第一次段考的刺激，我才明白應該要改變自己的心態和讀書方法。三年後，我可以說是漸入佳境，順利升上前三志願就讀。

高一時，不論是數理、社會、語文甚至藝能科我皆均衡發展。高二時，我選擇讀第三類組。我記得國中老師的提醒，知道高中大家程度差不多，要更加努力。但是我尚未認清高二開

始正式的自然科和高一基礎自然的差異,仍舊以高一的方式學習。結果到了二年級下學期,我遇見了瓶頸,成績開始下滑。

當時我曾經沮喪,甚至有點自我放棄。不過我的導師開始關心我的狀況,和我父母談過。自然科的任課老師也找我了解狀況。當時她在安撫我一番後,告訴我再好好試一試,如果真的不行,建議我轉組。

她的話出自好意,但在當時的我聽來有些尖銳。但也是這一番話點醒了我,難道我忘了進入高中時對自己立下的期許嗎?我選擇三類組,不就是要接受挑戰、超越自我嗎?

於是我的態度轉向積極,不但救回曾經迷失的自己,更在這段努力期間,培養出對自然學科的興趣。

幹部/課外活動/比賽/社團表現

曾經過學業及德行篩選後,被選派為新生輔導幹部,輔導新生適應高中生活。當年由於SARS影響國中學測及分發入學日程,開學時各項事務都很倉卒。我們就負責協助導師處理新生班上各項事務,提供新生及家長各種問題的回答。這次特別的經驗對於我的人際關係及領導能力很有幫助。

我也曾在班上擔任一學期的副環保股長、一學期副電腦股長及兩學期的副學藝股長。擔任副環保期間參與校內公共服務共八小時,副學藝期間參與教室佈置獲嘉獎2次。擔任幹部截至二年級結束共獲嘉獎4次。

我曾擔任地理小老師,得嘉獎一次。也擔任英文小老師,提供英文歌曲及歌詞講義,以及英文分組活動組長,得嘉獎一次。我曾參加校內英文作文比賽,獲得全校第一名。也在同一

學期通過全民英檢中級測驗。

課外活動及社團方面，我參加漫畫社，從課程中學到繪圖技巧。參加校內音樂期刊《成功樂訊》的撰文及排版，獲得嘉獎一次。除了抒發興趣外，也學到了排版方面的技能。另外，我以生物科幻為主題寫的小說《蠱魘首部曲》及《蠱魘二部曲》分別獲得成功文藝獎小說組第二名和第三名。音樂課的音樂劇課程，我寫的劇本《褪逝異想曲》頗受好評。

我對於台大校園生活的憧憬及大學生活規劃

從小，爸媽就常帶我到台大校園玩。我對這所台灣第一學府一點都不陌生。隨著年紀漸長，父母總不斷的告訴我台大的學風，要我立志考上台大。我也迫不及待想要進入台大生物系唸書。我希望在師長的指導下，除了專攻的生物學相關知識外，也能選修各種不同的學科。

有位老師曾告訴我，台大是台灣少數的「完全大學」之一。除了擁有一流的師資、設備與開放的學風，和教授及同學的互動更是可以拓展自己的眼界。他說，一位學養豐富又受人敬愛的教授，所開的課皆是大轟動。想要一睹大師風采，必須提早到教室，有時甚至連窗台上都有人擠著要聽課。這使我對大學的學術生活充滿了美好的期待。

我希望能培養電腦資訊方面的能力，並且選修化工相關學科，期待能運用在未來的研究應用上。我也會兼顧通識學科，培養人文素養。當然，我也會培養外語能力。除了英文外，我最想繼續學習之前學過一陣子的日文，或者學習優美的法文。

在大學期間，我要全力學習，培養進入研究所的能力，並

　　且探索自己未來的志向。究竟是要走研究路線還是實際運用方面，以及是否要出國進修，我想等到大學了解自己能力並和師長、學長姐們討論學習後，再做決定。

主題作文二

災難作文

　　近年不但天災人禍不斷，美洲的土石流橫肆與東亞的海嘯災情，令人觸目；美國九一一事件，美伊戰火未熄，叫人驚心。甚至災難電影大行其道。火山爆發、龍捲風作祟、慧星撞地球，真令人不知明天過後，將是什麼光景呢？當種種精彩緊張的電影情節，成了可能的事實，當恐慌就在你我左右之時，我們應該如何自處呢？

　　英國詩人丁尼生有一首〈渡沙渚〉：「夕陽下，閃疏星，召喚一聲清朗！願沙渚寧靜，願訣別無悲聲，登舟起；錯千古洪流，時空無限，滔滔載我至遠方；渡沙渚一線，泰然見領航。」詩中以「沙渚」比成隔絕生死兩岸的門檻，詩人希望能夠在訣別時沒有悲傷，離別時泰然面對，或許在「人命有終點」的認知之下，我們可以學著面對。

題目一

九十四年學測作文題

　　人生難免「失去」：我們有時沉浸在失去的感傷中；有時因失去才學會珍惜；有時明明已經失去，卻毫不自覺；而有時失去其實並非失去……

　　請根據自己的體驗，以「失去」為題，寫作一篇首尾俱

足、結構完整的文章,文長不限。

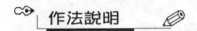

在南亞海嘯的災難後,這一個題目,多半同學會走向這個災難的闡述。如果跳開這個主題,其實,只要是個人的「失去」例子與體驗,便可以切合題旨所需。

如果失去的議題,同學們自天災的角度著眼,必然牽扯到生態保育的觀念,必定與「人對自然的態度」有關。這類作文可以先從現實事例談起;反面批評不當的作法與態度;正面提出解決困難的方法;同時,字裡行間,必須飽含生態保育的責任觀念與以人為本的良知思惟。同時,除了嚴肅的討論議題之外,美好的寫景或記敘文字也是必要的零件,透過美好事物的傳遞,人道的美好才能具體可觸,同胞血脈才能清晰可見。

失去　蔡凱宇

失去是一種情愁、一種不捨。它如同潮水般的,帶走了鋪灑在人們心中細細的沙土,每一顆剔透的細沙,都有著一段牽連的回憶,逝去的時光漸次消弭,不變的是那在心中浮現的永恆。

我們總是在剎那之間,才頓然發現自己失去我們的童年,很快地發現又失去自己的黃金歲月,遲早我們還會失去我們最寶貴的雙親,最親密的伴侶,最友好的知己。這些失去是必然發生,也是生命必須面對的課題。然而,又豈是每個「失去」都能等待我們「準備好」?

　　當災難來臨時,失去顯得更為快速而直接。翻開報紙,映入眼簾的是那些不堪的畫面,那片嘯侵襲過的土地,散佈著殘破的景象,頓失親人的生還者空白的目光,擺盪在波波的潮水中。海風輕拂,帶來的卻是一陣陣的憂愁,失去是他們共同的心聲,離別是他們最大的傷痛。

　　不論遲速,沒有人擁有與心愛的人事物天長地久的好運,那麼,我們便應該在曾經擁有的時刻,珍惜所有。蘇軾在〈水調歌頭〉寫著「人有悲歡離合,月有陰晴圓缺,此事古難全,但願人長久,千里共嬋娟。」他不妄想與親愛的手足長期相聚,只誠心珍惜著兩人能共享明月的溫柔與知心。這一個珍惜的念頭,將短暫人生中飛鴻雪泥的片斷,瞬間化成不悔的永恆記憶。

　　陽光仍會繼續灑落在南亞的土地,失去,伴隨的雖然是難以承載的痛苦,然而,在它的背後,卻是一名最嚴酷的教師,以鐵鞭教導著生命的價值。

簡評

　　由凡人必經的「失去歷程」寫起,再切入南亞的災情,最後以「珍惜」的省思作結,全篇取材豐富,情思綿密,立意極佳。

✐ 題目二 ✐

八十八年台北市立成功高中第一學期第二次模擬考作文題

　　「天地不仁,以萬物為芻狗」,九二一大地震對台灣造成重大傷害,許多人在睡夢中家破人亡,頓失依靠。所幸在最黑暗

的時刻，同胞們及國際間都能發揮己飢己溺的精神，出錢出力，拯救賑濟災民，愛心似一朵朵盛開的蓮花，在斷垣殘壁中吐露它的芬芳。我們相信：只要心中有愛，就會有勇氣與力量重建家園。

請以「重新出發」為題，描述你在九二一大地震之後的感想及對災民重建家園的期許與祝禱。

作法說明

任何天災人禍的作文題目，因為現實意義很強，傳播媒體的報導可以提供很多材料，同學們可以藉由仔細讀報聽新聞先做功課，然後，有些必然應該思索的大哉問，也是一個必須先發的重要工作。

比如這一個題目，同學們可以思考的方向分別有：

㈠人道思想：瑞士、德國、日本等救難隊到達台灣，從政治角度看，他們都不是我們的外交盟友；從利益角度想，他們也未曾接受我們的好處，那麼究竟是什麼驅使他們進入隨時會倒塌的大樓，那些缺水缺電的人間煉獄呢？那就是地球村內的同胞愛吧。這種友誼沒有距離，不分種族，沒有語言隔閡。

㈡災禍引發的反省：

1.人禍說：有人說：「地震是天災，躲也躲不過。」但我認為人為因素佔了傷亡的主因。地震固然是天災，無法預測，也無法躲過，但如果不是因為人們濫砍濫伐，破壞水土保持，加上建築時的偷工減料，地震造成的傷亡會如此嚴重嗎？（杜金泓）

2.態度說：921的痛苦經驗浮現出台灣長期漠視天災的態

度，總認為阪神及唐山大地震不會發生在寶島。（張文宣）

3.生物學說：當一個落後國家要發展經濟時，必定要從大自然中取得資源；而這種舉動，就像甲向乙借錢，這個債總有一天要還，這就是所謂的「自然債」。當甲向乙借提愈多，乙追討得也將愈兇。當台灣人民大舉自然債維生，大自然必然會反撲。

㈢重新出發的態度：

1.為了所愛，我們可以潛沉，卻不服輸：為了母親，我們可以犧牲，卻不放棄；在時間和空間的交錯下，大地出了個難題給我們，用意不在擊敗我們，而是給我們一個機會，一個創造未來的機會。（賴建宇）

2.重新出發必有的困難：劉邦曾被項羽攻打得生命一片黑暗失意，但他懂得重新出發，終能建立漢朝；德川家康曾面對年少時一段人質生活，但他積極接受人生橫逆，最後開創德川幕府；成吉思汗自小遭受他人輕視，但他不因此失志，終於創立蒙古帝國。貝多芬耳聾後難道停止音樂的創作嗎？孫臏雙膝被斬難道就潦倒抑鬱了嗎？一次地震豈能震破我們的未來！（吳冠德）

㈣知識介紹：

1.1995年，日本版神地區因地震造成重大傷亡，1999年在台灣也有重大地震災情。在墨西哥、印度、土耳其等國，皆因地震造成無法彌補的傷害。（高崧碩）

2.當板塊交接破碎之處，相互推擠，彼此爭鬥，便會自地底深處傳來陣陣的地震波，傳到地面，發為能量，可以引發海嘯、山崩或全面性的樓房倒塌、工程潰毀，造成家破人亡的局

面。（高崧碩）

範 例

重新出發　朱虹霖

　　沒有什麼能比天災更讓人類感到渺小，也沒有什麼能比突如其來的妻離子散、骨肉永絕更讓人痛心疾首。九二一震災之後，望著滿目瘡痍，人們的無力感不自覺地從心底湧出。

　　從地質學角度看，地震只是一次的板塊推擠；從民間故事來看，這只是地牛翻身；從神學角度來說，這或許是神祇對人類的警訊；但若從台灣人的角度論及，這卻是考驗台灣人旺盛生命力及創造力的關卡，只要衝破了這道關卡，必可見得另一道曙光出現，另一個生命的重生。

　　從台灣有歷史到今天，人民的活力表現未曾停歇，不論是人禍，如清朝的高壓統治、四十年前的白色恐怖；或是天災，如地震風災。我們的先人不時地以各種方式呈現對生命的堅持。即便是這次的九二一災情，許多人在瞬間家破人亡，畢生攢積毀於一旦，仍然如此。災後《中國郵報》上便得見外國人看這次的災後重建，他們說「台灣人強壯，可復原」更有記者直接用物理學中的專有詞語「有彈性的」來形容我們，這是對我們韌性的推崇，也是對我們生命力的認同。

　　我們不必自豪於自己的強悍，不必用萬物之靈來強調自己的高人智慧；在台灣這塊土地上，我們的經濟奇蹟與民主運動早已舉世聞名，足以自傲。當我們與災區同胞一同攜手，甩去悲痛的時候，便是離開無力感，邁向新生命的開始。

簡評

　　抒情筆法寫人性光輝，理性筆法寫地科常識與歷史現象，全文表現恰當，既不流於濫情，亦不至於冷漠。

課外閱讀建議

　　1.有關種族與戰爭

　　書名：美聲俘虜　作者：安・帕契特　出版社：先覺出版股份有限分司

　　2.有關病毒

　　書名：末世男女　作者：瑪格麗特　出版社：天培文化有限公司

主題作文三

奇想作文

　　似乎從哈利波特熱開始襲捲全球，全球也被引爆了「奇想」的引信，《哈利波特》、《魔戒》、《向達倫大冒險》、《波特萊爾驚奇》……一部一部的奇想作品在書店搶灘成功。即使在枯燥無味的「考題」中，奇想也開始現身‥。

　　就愛作夢的青少年而言，這個熱潮有著極美的指標，因為當人懂得聽夢想的話，那個夢想就是一個希望；當自己的動能和夢想接上了頭，似乎怎麼艱難的天下也無妨闖蕩。正如美國女詩人Emily Dickinson所寫的一首詩：

Hope is the thing with feathers

That perches in the soul,

And sings the tune without the words,

And never stops at all.

（希望長著羽毛／棲在靈魂裡，／唱著無詞的樂曲，／從來不停息）

　　只要不小看自己，我們有無限的可能。

題目一

九十一年台北第二次學測聯模非選擇題

人的想像能力多麼不可思議！如果有一天，醒來後，發現

你不是你，而是另一個人，或者是另一種生物，甚至只是一樣東西，會是什麼感覺呢？請馳騁你的想像力，去體會當角色變換以後，心裡的感受，以及可能面對的問題。題目自訂，字數不限，但第一段必須以「一醒來，發現自己變成⋯⋯」開始。【至於變成什麼人或物，有生命、無生命的，完全由你選定】

作法說明

想想看，在一則文章中可以變成各種自己想要變成的物品人，何等自在。然而，取材若只在這個主角的一天生活，取材可能太過狹隘；若面對的問題只是「一己」的，也將無法開拓文章深度。如果將這些問題擴大為「全體」「大我」，或是將取材自古而今，自中而西的延伸，將可提昇文章層次，展現出有思想有內涵的青年風範。

在這種題目中，同學的取材將十分完整地呈現出自我，變成天使想要助人固然好，然而，變成其他生物第一個念頭就是「不用煩惱課業」，或許顯得眼界太狹隘；至於想變成上帝、宋七力等的，可能又顯太兒戲！

範例一

月，原來寂寞　楊瀚平

一醒來，發現自己變成了月！本來蓋著的被子成了覆著宇宙的穹蒼，床頭昏暗的檯燈變成了迎接我的晚霞和送別我的晨光，而原本該擱在床邊的眼鏡也猛地碎開散在天上，化成了滿天星斗，而我就是其中的月。

我變成了月，好特別的感覺，光明燦爛的世界好似已經確

定和我絕緣，陪伴我的只有永恆的黑夜。即使我可以藉由反射來推開一扇盈虧不定的窗，但那不夠呀！我再怎麼引光，也無法照亮什麼，人們仍舊一個又一個的關上了門，扭暗了燈，將我唯一能放出的柔和光芒鎖在門外，我好回想辯解──我既不是上帝派來執著焰劍的死亡天使，也不是從地獄出現揮舞駭人鐮刀的死神，為什麼要一個接一個地迴避我，只留下一種東西陪著，那種東西，叫「寂寞」。

即便曾有詩人舉杯邀我，我卻無法接受盛情，畢竟根本沒有什麼他們口中的嫦娥、玉兔和愛伐桂的吳剛，在人世間每扇窗後，只有我和我唯一擁有的寂寞。可惜了那位本想來與我作伴卻一躍入湖的李太白，我以一碗注滿月光的酒憑弔他的不幸。

千萬年，我只能與我的寂寞伴陪歲月流逝，同在黑暗中冷冷旁觀人世間的爭戰殺戮，從古到今，多少榮華名利與頹圮殘壁流轉，無盡的喜樂與哀嚎、怒燄與懊悔交替，我依然是漂浮在蒼穹間的模樣，我總算知道，月，原來是寂寞……而且寂寞永恆。

簡評

既以「變成某物」為題，改變的形貌與困擾必須細膩描繪。將古今相連，找到知名愛月之友入文，絕對有加分效果。若能將月之相關名句置入文中，必將更具深度。如「人有悲歡離合，月有陰晴圓缺，此事古難全」、「共看明月應垂淚，一夜鄉心五處同」等等皆可嘗試。

範例二

我是一滴水　陳昱齊

一醒來，發現自己變成一滴水，靜靜地躺在綠葉尖端，看著朝陽緩緩自東方升起，剛露魚肚白的天空飄著朵朵白雲。此時，一陣清風拂過，我居然開始往上飛！

伴著北風，俯瞰著一切我所熟悉的家，踏上白雲，頓時覺得底下的房子如兒時玩的積木，而熙熙攘攘的人們好似螞蟻般往來而不絕。在天空恣意徜徉的我，不自覺地已到了中央山脈，慢慢地，我開始凝結，落向巨大山壁，打在堅不可碎的岩石上，滴答一聲，靜靜地入大地的懷抱，穿過地表，透過伏流，加入清澈見底的小溪，滾滴向下游前進。

舉目望去，無邊無際，我想我應該是在台灣西部的濁水溪吧？看著濤濤河水，萬馬奔騰的洶湧，不禁吟著李白：「黃河之水天上來，奔流到海不復返」的詩句，彷彿心境頓時開闊！在烈日驕陽下，我又再度乘風而飛，身為一滴水的悲哀便是──自己的路往往不是自己決定，此時，對那些亂世的人士，也有了新的體悟，蘇軾「身如不繫之舟」的悲哀，我現在感同身受了！

一陣焦雷轟隆聲，在西北雨滂沱的氣勢下，我落入嘉南平原的田埂裡，呼吸著小時候最愛的泥土香，在阡陌縱橫的水道中，農夫趕忙將水導入水渠裡，以免辛勤栽種的稻米根部缺氧而死！於是，隨著溫暖的太平洋暖流，我又開始向北前進，所有的遊子都有一個共同的冀望──回家，此刻的我，也有這種想望。

簡評

行文路徑完善，而內心的離家與想家思維，亦能首尾相合，不離不棄。凡是引用古人詩句的作品，皆可見得腹笥與程度。

✐ 題目二 🖉

九十年台北下學期指考第三次聯合模擬考非選擇題

雖然現實世界有許多難解、甚至是不可解的問題與沉痾，……但是，空想，或者說，各式夢想與遐想，是人類多麼神奇的與特權啊……在我的回顧裡，即使在最現實困境壓制的時候，內心中那狂野未馴的想像與憧憬仍不時會從夾縫中探頭而出，不時岔進某種美好的思維裡。（羅智成《夢中書房》）

細讀上文之後，請試著以「夢中□□」為題，寫下你「夢中」或「夢想中」的人、或者事、或者物。內容在描繪一種美好嚮往，它與現實有段距離，但不全然是荒謬無稽的。

參考題目：夢中女孩、夢中書店、夢中城市、夢中彩筆、夢中花園、夢中婚禮、夢中街道、夢中電話亭……（僅供參考，可採用其一，亦可自訂）

說明：請以白話散文書寫，題目自訂，且須分段，文長350～450字，每不足或多25字扣1分。

✐ 作法說明 🖉

作文最重要的部分，便是展現出個人的心靈，寫出的文字中，心靈是幼稚的還是成熟的；態度是認真的還是放蕩的，這

些都可以在筆下呈現。

所以，如果你寫「翱遊飛翔於藍天白雲之中，想留在雲端呼呼大睡，想在天上吃著一朵朵白胖胖的棉花糖，想搏扶搖而直上，飛去找太陽公公聊天說笑……」就嫌太可愛了一點！

或者你寫「在我的夢想世界裡，我是神，我是造物者，我是主宰者」那又太自大了一點！

所以啦，這是一個讓青少年作夢的題目，每個夢，都可以將每個你整個呈現，所以，你的無知與狂妄，你的小鼻子小眼睛都有可能被看穿！

有些同學作著愛情夢，啊！果然春色無邊，但是只展現了荷爾蒙。有些同學作著社會改革的夢，相當有理想，但也因太過於寫實，反而少了「夢」的成分，有些取材也嫌生硬。如果寫社會，也要加一些人文，才能添加夢想的力量。

這是一個向夢想出發的題目，凡作夢必有可能實現與不可能實現的兩極，若只求可落實，可就要避免落實到流於說教；同時，更要避免落實到太現實。

「夢中的錶，除了可以看時間，無聊時還有液晶版面可以看電視，還可以接受第四台；累了可以放音樂，還有上網的功能。」這個夢想，是不是太實際了？

「人們可以身穿著比蠶絲更加柔軟、比鋼條更加堅固的衣服，開著飛在天上的汽車，看著完全立體的電視畫面，過著非常舒適的生活。」這要求是否太物質化了？

盧梭說：「人生的價值是自己決定的。」我們的文章決定了我們的思想，也決定了我們的理想。如果我們的夢想愈來愈小，它會不會停泊在某個不知名的港灣再也不啟航呢？

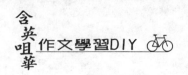

作文學習DIY

範例一

夢中飛行　吳昀錚

　　我渴望飛行，飛行於藍天白雲，飛行於山川江河，嚮往飛越重巒疊嶂，飛越崎嶇不平，飛向我的極限。

　　和克艦長在探尋南極大陸時，曾向船員說道：「我要駛向人類還未到達的地方，更要駛向人類極限所能到達的地方。」從台北飛到高雄？這距離太短，從地球飛向麥哲倫星群？我需要億萬光年。

　　我所追求的飛行不是寫意的，如天地一沙鷗，飄入雲中般小天下；我要的是驚天動地的超快感，三秒內加速至一百五十哩，讓我的血液沸騰，讓我的神經衝動，讓我連頃刻呼吸代謝通通停止，讓我的思緒我的情感我的悸動我的不安在一瞬間化為大江東去浪淘盡。

　　所有的飛行員都有一樣的想法：「彷彿在加速的剎那，與風、藍天、白雲、大地融合為一。」我渴望的飛行，是一種解放的方式，是一種極限的挑戰，是一種心靈的超脫。

　　飛行於夢中，在夢中飛行，飛行裡有我的夢。

簡評

　　文字中展現著人文的涵養，不論是和克艦長的話語，還是各個造句遣詞，所以，讓讀者在這段的文字中，羨慕著飛行。末段中將題目重組成三句話，不但呼應了題文，也旖旎地說出了渴望。學到了王鼎鈞的減省標點，那一長句：「讓我的思緒我的情感我的悸動我的不安在一瞬間化為大江東去浪淘盡。」

似乎讓人擠壓出胸腔中每一顆氧分子，挑戰著極限，獲得了解放。

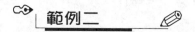 **範例二**

夢中購物頻道　許家豪

「喂！這裡是八德路一段71號。先生，我想訂購一箱『快樂』，請儘快送到。」「對不起，先生，本公司產品『快樂』已全數售完，新貨尚在加工階段；本公司推出的新產品『滿足』已經上市，建議先生您若等不及，可以先試用看看，有七天試用期，不滿意保證退貨，效果不輸給『快樂』，現在訂購，還可八折優待。」

掛下手中話筒，心中滿懷期待，期待的「滿足」就要到來，期待的是今天受了老闆一肚子氣，馬上就可煙消雲散，馬上就可好好地享受真正滿足的感覺。電鈴馬上響起，從送貨員充滿恭敬的雙手上拿到了包裹，付了錢，打開一看，只有一卷影帶。

心中的忿恨與懷疑還沒消除，把影帶塞進機器中，電視的畫面，出現的是一群骨瘦如柴的孩子，水腫嚴重的大肚子，得吃力地由所剩無幾的力氣抬起；抬不起自己的孩子，在地上匍匐爬行，喝汙濁的泥水，撕乾枯的樹皮吃，他們沒有所謂「失業率」，因為不知什麼叫工作；他們沒有「壓力」，因為枯柴的四肢，再也負擔不起半分額外的重量。

關上電視，擦乾滴下的淚，我想，不必退貨了。

簡評

故事極為震撼，即使文筆平實，但極有力量。

題目三

八十九學年度大考中心指定考科預試題

試閱讀下列文字，在框線內選擇其中一題回答。

世紀交替之際，回顧與前瞻的議題同為世人所關切，因此有人將足以代表本世紀文明的物品裝入「時間膠囊」，期盼能與千百年後開啟此膠囊的人類溝通。「時間膠囊」的內容包羅萬象，有百貨公司的型錄、爵士樂ＣＤ、數位化圖書館、畢卡索畫作等。

㈠如果你是唐宋時代的人，你最想保存在「時間膠囊」中的當代文學作品為何？為什麼？（比如該作品的內涵、特色、優點、時代意義及個人感受等。

㈡如果你想要製造一個屬於自己的「時間膠囊」，你最想保存在「時間膠囊」中的個人物品為何？為什麼？

注意事項：

1.不能兩題都寫

2.文以不超過300字為限

3.可不分段

作法說明

這種題目已為寫作者的思路作出鋪排，可以怎麼想，想些什麼等等，都已用提問方式點引，所以並不難書寫。每一篇文

字都可以見得同學對人生的看法與態度，比如想「把女朋友放入，因為四十歲時，要她依然美麗動人」這種寫法便太重視皮相，令人擔心；而另一種寫著「放入仇人，讓他廿年與時代脫節，生存在人間煉獄中」則復仇意念太深，也很可怕。因為短文除了見文字功力外，更可以見得自己的人生態度，因而取材，不可不慎。

✏ **範例一**

　　在大阪古城內，日本的企業家真的製造一個時間膠囊，放入千奇百怪的廿世紀代表物品，期待與未來世界溝通。站在鴿子飛舞的廣場上，目視那個以圓頂方式突出地面五公分的膠囊，我想，人類異於禽獸的，不就是千奇百怪的想法與作法嗎？如果我真的也能製造一個屬於自己的「時間膠囊」，我想放入當代最值得留存的東西──年少不羈的我！試想，在紅塵翻滾二十年之後，本來的我可能已經心機滿腹，工於心計，彼時的我，果有機會看到二十年前意氣風發，心懷壯志的少年郎，或許會笑他太傻氣、無知、天真吧？只是，不屑於那個只會沒頭沒腦向自己的夢想衝去的作法之餘，或許我已暗自神傷了！（李昆穆）

簡評

　　放入的東西是明明不能放入的，但是感慨的情緒確實令人動容。

☞ 範例二 ✏

　　假如有時空膠囊的存在，我要將往昔所寫的日記、朋友的書信、甚至高中時代的週記，一本本一疊疊的收藏起來，因為人們貯存回憶如同松鼠藏果子般用心呀！經歷人生大風大浪，走過窮山惡水，從朱脣皓齒的少年郎，慢慢到了白髮蒼蒼的老叟時，回首少年情懷，翻著摯友的親筆總強過點數爭了半輩子的鈔票吧！看看自己年少輕狂應勝過喧鬧塵世上的任何事物。人世苦短，這些充滿回憶的文字才是真正的寶貝。（林佑勳）

簡評

　　對輕狂青春的眷戀從字裡行間可見。短文著力的精緻句式，本文可略窺見，比如「經歷人生大風大浪，走過窮山惡水」或「從朱脣皓齒的少年郎，慢慢到了白髮蒼蒼的老叟」皆是。

主題作文四

三合一作文：沖泡一杯討喜的三合一咖啡──雜感文章的寫法

　　講述到作文基本理論，教師總會將文章分為論說、記敘、抒情、描寫這四種體裁，實際上，一篇文章的內容，常常或多或少地兼具有多種體裁。純粹的論說或是純粹的抒情、純粹的記敘，在我們作練習的時候或許存在，但在坊間可見的暢銷作品之中，卻極少出現。最常在出版作品上看到的，仍以四種的綜合寫法的居多。

　　像朱少麟暢銷的《傷心咖啡店之歌》，除了有一般小說具備的「說故事」材料之外，諸多對人生的評價與看法，以長長篇幅寫出，叫座的程度令人相信讀者並不排斥這些論說部分；而黃明堅女士的散文集中，大量出現他的生活瑣碎事件記敘，這些敘事過程更能輕鬆傳達作者在文章中的意念。事實上，我們若在書店的暢銷書專櫃前方一站，所閱讀到的文字絕少有只運用一種體裁成書。

　　在各年代重新選編高中課本之時，〈岳陽樓記〉、〈墨池記〉、〈黃州快哉亭記〉、〈赤壁賦〉等等的文章皆能經得起時代考驗，獲得各種不同時代文學耆老們的青睞，雀屏中選的原因，絕對不只因為這些篇目的文章主旨具有教化意義，更重要的是因為他們皆能完善的揉合議論、敘事、寫景、抒情這些成分而成文。

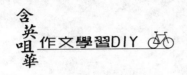
作文學習DIY

如果將寫作的文體比擬為沖泡咖啡，當然，純粹的黑咖啡依然有不少的喜好者，不過市場最熱賣討喜的，依然是三合一的組合。

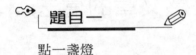
題目一

點一盞燈

作法說明

燈具有其象徵意義，燈光能帶給人們指引，所以有指點迷津的功效；燈光能給人溫暖，所以有讓人遠離孤獨無助的功用；燈光為環境帶來光明，所以應有積極正面的意涵，這些皆可以是表現的主題。這種題目與個人生活和團體生活息息相關。燈，可以是「具體」的燈，也應是「抽象」可以照亮方向的燈。虛實相參，必能有更妙的效果。

範例

成功高中　李重毅

陰森森的夜間小路，點一盞燈，心中的寒慄隨之而去，對於下一步所要邁出的步伐也有了更篤定的目標；漆黑的樓梯間，點一盞燈，腳下踩的階梯也有了份更踏實的感覺；身處闃黑的夜晚，徬徨恐懼不知道路的任何方向，驟然前方出現了光點，即使只是微不足道的燭光，內心一定雀躍不已，此時，才體會出光的重要。

這一段為了推出「光之重要」這個段旨，使用了三項敘事。

254

　　在數百年前，非洲森林裡出現一位白人醫生。原本他可以在自己的家鄉開診所，但他選擇隻身到一塊落後的大陸，一塊需醫生的大陸。他燃盡了生命的燈油，也造福了非洲的所有人，他是史懷哲。

　　美國黑人在南北戰前，曾是受盡壓迫的奴隸，直到林肯的出現，領導黑人進入美國民主世界，使他們脫去悲苦的命運，照亮他們的前程。

　　論說文的例證，必須使用精準的敘事手法表現，而「脫去悲苦命運，照亮前程」則是十分抒情的手法。

　　什麼人有能力在需要的地方點亮一盞燈呢？其實大家都可以。曹慶先生只是一名退休公務員，因為同情植物病人的照顧受漠視，他南北奔走為植物病人與其家屬點起一盞燈。證嚴法師從手製蠟燭的一毛二毛作功德開始，創立了全球知名的慈濟基金會，不只造福台灣，福業更廣至世界各地。

　　以提問法開啟當代台灣點燈的知名人物，同時，將個人的力量可以匯聚的成效，藉由例子表現出來，提問是論說方式，而例子仍是敘事手法。

　　一盞點就是一個希望，一個未來。蜀漢昭烈帝曾說：「勿以善小而不為，勿以惡小而為之。」由自己開始點燈，所能引發的連鎖效應卻是始料未及的大。即使我們胸中只能發出微弱的燭光，那怕它不夠明亮，而人人一分心，一盞燈，千萬的燭燈，力量勝於烈焰。

　　末段承第三段，寫及個人奉獻心力，為社會點燈。文句以抒情為主。

作文學習DIY

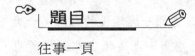

題目二

往事一頁

作法說明

　　記事文章重點固然在「事件本身」，但是如何將事件寫得仔細，必須依賴寫景記物的功夫；而事件是否能夠感人，又得依文字的抒情功力；至於能否將事件寫得「不只有事件」的層面，除了個人的感悟力之外，更必須依賴對於人生看法的熟悉思維。因此，有些人的記事，便只有記事，寫得完整與否的差別而已；有人的記事便能予人無限幻想空間，予人無垠的哲理啟發。因此，愈是能夠不受「記事」文體限制的，也愈能為記事開展另一層風貌。

範　例

成功高中　李嘉鐸

　　那是一段上下學必經的道路，旁邊就是一塊工地。一簇簇的野花雜草不知怎麼的就從土石堆旁鑽出來。小時候的我，看到這樣的畫面，心裡總覺得奇怪：這是何等不搭調的景致呢？每當經過，我總好奇地蹲下來觀察一番，逐漸地，這也成了我每日一定的研究工作。

　　以小時的一段往事起筆，清明的敘事，的確替主題勾出些許童趣。

　　直到有那麼一天，我一如往常的作觀察時，突然發現有一片葉子特別奇怪，不？應該說是特別漂亮：一大一小的兩片相

256

連，粉白的底色中多了幾點小黑圈，那真是一片已經搶盡野花風采的不速之客。再仔細一看，那居然不是葉子，牠會動，兩根鬚鬚在轉動、晃漾著。我開始害怕了，不知道牠究竟是什麼？雖想離開，卻又被好奇心給留住。牠一動也不動的樓在那兒，就像個默劇演員；你看得到他靜止在舞台上，卻可能永遠猜不到他心中所要表達的，牠在想什麼嗎？牠準備要做什麼嗎？還是，牠也在觀察我？忍不住的伸出手去摸牠，突然間，牠抖了抖翅膀飛了起來，而我早沒了先前的恐懼，我笑了，感覺好興奮：飛的感受是怎麼樣的呢？我竟然和一片葉子玩在一起？小粉蝶成了童年玩伴剪貼簿中不可刪除的一頁。

相當精準的寫物與記事參雜而出，清靈感性的筆觸，傳達著溫柔的念舊情思。

常常，在回憶往昔之時，會竊笑於自己的幼稚，而這一段往事，在我心中只留下竊喜。那塊空地和那隻粉蝶給了一個都市孩子一點點的鄉土回憶。

略帶論說的語氣，為往事下了個「值得」的肯定註解。

日昨，我再去造訪那段道路，遠遠地看到一棟新大樓座落其上，一段莫名的擔憂油然而生。老友還在嗎？土堆呢？野花呢？事過境遷，物換星移，平地起高樓，昨日小男孩也成了今日大男生了！喜劇開場的故事，是不是總有個別離的悲傷收尾？

昔日景象不復見到，但心中的蝴蝶，依然在飛，……。

末兩段使用論說、抒情相合的手法。將懷舊引入「不見去年人，淚滿春衫袖」的痴情摯意，雖然是「紅衰翠減，苒苒物華休」的景致，仍有永恆的粉蝶飛舞，除了開拓了「物換星移」

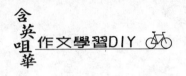

的深思之外，更見往事在心中的深固印記。

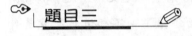

🖋 題目三

青春年少

🖋 作法說明

　　每一段青春時光都是開獎前的統一發票，可以對它抱持無限期待。寫及青春年少，不外乎談及「把握時光」、「享受生命」、「充實自己」等等內容，最多，也只能將自己這一代和前一代相比較，再加些自省與自期的文句。寫成論說文可能會太枯燥，如果把握三合一原則，用記敘筆法將個人的青春寫得有聲有色，或是用抒情筆調為內容加上柔焦鏡頭，美化說理內容。

🖋 範　例

成功高中　黃兆崧

　　終於，你累了，在工作的空隙間休息。或許就坐在辦公大樓前的花台邊吧！看到天空中風箏；你恍然明白了孩子們為什麼放風箏。再想想自己，貪婪地享受著放鬆的心情，而你面前是條滿載忙碌的車流大道；背後有疲倦、壓力堆砌成的大樓。

　　孩子們愛風箏，其實是望著無限藍天罷了！風箏——他很自由、很有衝勁——孩子們把幻想與期待植入偌大的天空中，無限延伸的天際，讓夢想似乎容納的更多，越是叫人盼望。自然地，蹓著風或乘著風追逐著雲朵的風箏，成了他們心中實現與追求未來的寄託！青春年華的少年，不就是那麼有活力的一

只風箏嗎？

　　以說故事的記事手法描繪出一名上班族的片刻偷閒，當主題落到「風箏」之上時，所要論述的主題「青春年少」便由此意象逐漸成形。冒題式的寫法，主題如一塊塊拼圖般一句落下一塊，直到末句成整張構圖。

　　青春就是本錢——一個探索著夢想旅途的無價本錢——雖然無價，雖然人人都能擁有，而稍縱即逝的特質，也令很多人懊悔。趁著年輕，有無限好奇、無限體能。你我擁有自由——並沒有太多壓力、負擔的自由——讓你我乘風破浪去探索、追求。在「造夢」與「逐夢」之間不停的振盪、躍進。摔不痛，因為青春替你我療傷，提供了一股繼續邁進的動力。而「可塑性」最強的此時，讓我們能有廣泛的求知欲及興趣，去接觸各種各樣的新鮮事物。每一次冒險，每一次接觸，都是潛移默化的在為未來鋪路。就是趁著青春，因為「年輕人有尚未成局的明天」。

　　談及青春的本錢，用極為抒情的手法行文，沒有條列式的死板，卻能句句吸引讀者的認同。

　　楊喚詩曰：「我是忙碌的，我是忙碌的，我忙於搖醒大地，我忙於雕塑自己。」在五彩繽紛的生活中，不僅要把握短暫的美及時行樂，更要真正充實自己的內涵。一坏陶土，一坏散亂扭曲的陶土，經由細心雕琢、修飾成了圓潤的柱狀體，而接下來的一點一滴，不論刻在內部或增加陶土在外部，漸漸的，有了自己生命的價值，不同於別的個體的價值。我搖醒大地，大地喚醒我的心靈；我雕塑自己，自己刻劃大地。

　　使用論說文慣用的引用與設例方法，卻以抒情文句完成，

表現出「把握青春充實內在」的主題。

　　「逐夢踏實」，若拿青春年少換大夢，等到逝去了光陰才大夢初醒，則青春顯然太廉價了。有夢想，更要有追逐夢想的勇氣、毅力。在這黃金年華，高山、大海也攔不住你的精神、力量時，放手一搏！或許未來，你也會常想起「當年」的多采多姿又充實的往事。那些不敢做夢的，或是夢做太久的，因而遺落了一段黃金年華，也只能看著別人成就自己了。

　　文章最後寫及「坐而言不如起而行」，不只希望有青春的大夢，更要踏實的逐夢，用抒情寫法，使得付出的每一滴汗水都晶瑩感人。

國家圖書館出版品預行編目資料

含英咀華：作文學習 DIY ／范曉雯著. -- 初版.
-- 臺北市：萬卷樓, 2005[民 94]
面；　　　公分
ISBN 957－739－530－9 (平裝)
1.中國語言－作文

802.7　　　　　　　　　94008907

含英咀華
—作文學習 DIY

著　　　者：范曉雯
發　行　人：許素真
出　版　者：萬卷樓圖書股份有限公司
　　　　　　臺北市羅斯福路二段 41 號 6 樓之 3
　　　　　　電話(02)23216565・23952992
　　　　　　傳真(02)23944113
　　　　　　劃撥帳號 15624015
出版登記證：新聞局局版臺業字第 5655 號
網　　　址：http://www.wanjuan.com.tw
E－mai l：wanjuan@tpts5.seed.net.tw
承印廠商：晟齊實業有限公司
定　　　價：240 元
出版日期：2005 年 7 月初版

ISBN 957－739－530－9